KB069807

포기할까 했더니
아직 1라운드

포기할까 했더니 아직 1라운드

김남훈 지음

|주|자음과모음

차례

이야기를 시작하며 • 6

1장 아직은 아마추어지만

마냥 좋은 일은 없다 • 13

마냥 나쁜 일도 없다 • 21

조금 늦으면 어때 • 33

위선도 결국 선이야 • 43

차라리 욕을 하자 • 51

화내지 않는 기술 • 58

2장 진정한 프로가 되기까지

오늘도 신나게 두들겨 맞았다 • 73

업그레이드를 잊지 마 • 83

핸들의 중요성 • 93

세상에 나쁜 덕질은 없다 • 101

소년이여, 부엌으로 가자 • 109

다이어트에 실패하는 이유 • 117

이번 라운드가 끝은 아니야 • 128

3장 건투를 빌며 저지방 우유로 건배!

여유로울까, 불안할까? • 141

이제 몸만 움직이면 돼 • 148

유튜버가 되고 싶다고? • 151

내 감정 기록하기 • 154

포기를 포기하자 • 157

옷차림을 바꿔 봐 • 160

분노는 위험해 • 164

아주 작은 성공들 • 167

터닝 포인트 찾기 • 171

땀이라도 흘려 보자 • 175

내 꿈을 부모님이 반대할 때 • 179

난 너희보다 나이가 많아. 어른이지. 그런데 그거 알아?
어른들은 참 비겁해. 자기가 부족하고 미숙한 적이 있었
다는 걸 절대 이야기하지 않지. 어른들은 선택적으로 못
난 시절의 기억을 지워 버려. 그건 나도 마찬가지야. 내가
어렸을 때는 스마트폰이나 SNS가 없었으니 요즘처럼 흑
역사가 박제되는 일이 아예 없었거든.

  이 책을 쓰면서 강제 소환된 과거에 얼굴이 화끈거리
는 순간이 여러 번 있었단다. 그래도 이야깃거리를 찾아
서 추억 속으로 계속 파고들어 갔어. 지금 너희가 겪는 문
제를 과거의 나라면 어떻게 대처했을까. 그때 내가 했던

선택을 너희가 듣는다면 뭐라고 생각할까. 아니, 그전에 내가 어떤 이야기를 해 줄 수 있을까. 이 책을 쓰면서 이런저런 고민이 참 많았단다.

정말 솔직히 고백하자면 나도 아직 인생의 답을 찾고 있는 상태야. 다른 건 몰라도 어른이 되면, 적어도 마흔이 지나면 답을 찾을 줄 알았는데 그런 게 아니더라고. 터널을 빠져나왔다고 생각했더니 또 다른 긴 터널로 들어간 느낌이랄까. 나 또한 확실한 답이 없어서 어떻게 이야기를 꺼내야 좋을지 머리가 복잡했어.

그러다가 마음을 굳혔지. 너무 거창한 이야기는 꺼내지 말자. 너희 인생의 본게임은 아직 시작도 하지 않았고, 남은 라운드가 무척이나 많다는 걸 알려 주자. 덤으로 프로레슬러, 격투기 해설가, 방송인, 작가, 강사, 사회 활동가 등 다양한 직업을 겪으며 경험한 일과 이를 통해 느낀 것을 이야기해 주자고 말이야.

보통 삶을 등산에 비유하잖아. 너희는 지금 산허리에도 오르지 못한 상태야. 베이스캠프에서 등정을 준비 중인 거지. 혹시 그런 생각 해 봤어? 너희가 어떤 산에 도전

하고 오르게 될지, 그 산이 높을지 낮을지, 어떻게 올라야
할지 말이야.

등산하면 대표적으로 떠오르는 곳이 히말라야산맥이
잖아. 세계의 산악인들이 이곳에 도전하는 뉴스를 종종
접하는데, 어느 순간 산악인들 옆에 있는 '셰르파'가 눈에
들어오더라. 산악인들의 짐을 들어 주고 길을 안내해 주
는 사람들 말이야. 도대체 그들은 어떻게 매번 높고 험한
산에 짐을 잔뜩 지고 오르는 걸까?

어느 대학의 연구 결과에 따르면 셰르파족의 작은 체
구, 곡식 위주 식사, 느린 걸음 덕분이래. 평소에 걸을 때
는 다른 민족에 비해 절반 수준의 속도이고, 산을 오를 때
는 그 속도가 더 떨어진대. 뭔가 엄청난 노하우가 있는 줄
알았는데 '천천히 꾸준히'가 그 비결이었던 거야.

이 책을 서툴지만 따뜻한 길잡이로 생각했으면 좋겠
어. 먼 곳으로 여행을 갔는데 길을 잘 안다고 해서 믿고
따라갔더니 자꾸만 여기저기 헤매는 길잡이 말이지. 하
지만 갑작스러운 비를 피해 낯선 처마 밑에서 같이 쪼그
리고 앉아, 사소한 말을 주고받으며 함께 시간을 보낼 수

있는 그런 길잡이 말이야.

나도 인생의 정답은 몰라. 너희가 지금 생애 처음으로 10대를 맞이했듯, 나도 예전에 생애 처음으로 10대를 맞이했었거든. 지금은 생애 첫 40대를 맞이하고 있고. 비록 정답도 모르고 빠릿빠릿하지도 않지만 먼저 10대를 겪은 나의 이야기가 너희에게 조금이나마 도움을 주지 않을까 싶어.

낯선 길을 걷느라 고생이 많아. 내가 조금 앞서 갈 테니 두렵고 힘들겠지만 같이 가 보자. 서툰 길잡이와 함께 천천히 그리고 꾸준히.

김남훈

1장

아직은 아마추어지만

마냥 좋은 일은 없다

믿지 못할 수도 있겠지만 내가 중고등학교 다닐 때는 텔레비전 채널이 세 개밖에 없었어. 교육 방송인 EBS와 미군부대가 있는 곳에서만 볼 수 있던 주한미군을 위한 방송인 AFKN(American Forces Korean Network)까지 해 봐야 다섯 개였지. 그것도 오후 12시부터 5시까지는 방송이 없었어. 또 밤 12시가 되면 전파가 끊겼어. 야간 통행금지가 있던 시절이니 에너지 절약도 하고, 일찍 자고 일찍 일어나서 일하라는 의미였지.

그 시절에 방송을 탄다는 것은 정말 엄청난 일이었어. 어쩌다가 텔레비전 뉴스에 얼굴이 살짝 나오거나 인터뷰라도 하면 그 사람 집 전화기에 불이 날 정도였어. 그때나 지금이나 끼 있는 친구들은 연예인을 꿈꿨지. 하지만 난 방송에 대한 선망이나 동경이 없었어. 나 같은 사람에게 그런 기회가 올 일이 없다는 걸 너무나 잘 알고 있었지. 별다른 재주가 없고, 집안이 특출난 것도 아니고, 서울도 아닌 지방 도시에 살고 있는 반에서 30등 하는 내가 방송에 나갈 방법은 전무했어. 그러니 관심이 없었지.

세상일은 모르는 거야. 참 불확실해. 그래서 의미가 있지. 20대 중반에 서울로 올라와 별의별 일(주로 서비스업)을 다 하다가 아는 형의 추천으로 인터넷 콘텐츠를 제작하는 회사에 입사했어. 그곳에서 뭔가 참신한 아이디어를 제안하면 방송을 만들 수 있도록 해 준다는 거야.

일본어를 재밌게 공부하는 방법이 없을까 해서 엽기적이고 자극적인 상황을 소재로 하는 일본어 강좌 영상을 만들어 보자고 했는데 그게 덜컥 통과가 됐어. 그것뿐만이 아니야. 재미있고 신기하다는 평가를 받으면서 당시의 인터넷 방송 열풍을 타고 엄청난 시너지 효과가 일어났어.

단숨에 방송 특히 텔레비전이 주목하기 시작했지. 어떤 때는 아침, 점심, 저녁에 한 방송사의 각각 다른 프로그램에 출연하기도 했어. 매거진 프로그램에 출연했다가 토론 프로그램에 나오고 다시 뉴스에서 코너로 다뤄지는 거였지. 액션영화에서 주인공을 괴롭히는, 세 번째쯤 등장하는 악당 같은 외모와 그 외모에 어울리지 않는 달변. 이게 좀 먹혔나 봐. 이 일이 계기가 되어 방송과 인연이 생겼고, MBC 라디오방송에서 10분짜리 코너를 진행하게 됐어.

한 주간 인터넷에서 가장 화끈했던 검색어로 이야기를 풀어 보는 코너였어. 방송은 그전에도 여러 번 출연했지만 주로 〈세상에 이런 일이〉처럼 '신기한 사람 김남훈'으로 나가는 거였지. 리포터가 되어 출연하는 건 이때가 처음이었어. 우리 집에서는 당연히 난리가 났지. 부모님은 이 시간만 되면 가게에서 일하다 말고 라디오 볼륨을 아주 크게 정말 아주 크게 틀었대. 동네 사람들 다 들으라고.

이게 끝이 아니야.

나를 눈여겨본 어떤 방송국 간부 프로듀서가 개편을 즈음해서 나를 진행자로 추천한 거야. 그리고 오디션을 봤는데, 세상에나 내가 됐어. 내가 라디오방송 디제이가 됐다고. 이게 말이 돼? 믿기지가 않았지만 방송국 홈페이지에는 내 사진이 걸렸고, 방송국 정문을 통과할 때도 방문 서류를 작성하는 것이 아니라 "안녕하세요"라고 인사하면서 넘어가는, 즉 연예인 대우를 받게 됐어. 야, 이런 날이 오는구나. 지하철 5호선 여의도역에 내려서 방송국으로 일하러 가는 신해철이 부른 〈도시인〉 같은 순간이 오는구나.

자, 솔직히 말할게. 방송은 돈이 돼. 그것도 아주 많이. 자본주의는 모든 걸 돈으로 해결하려고 하지. 그런 무도함이 때로는 아주 엄청 큰 매력이 된단다. 게스트와 진행자는 차이가 많이 나. 아주 많이. 난 요즘 라디오방송에 게스트로 출연하는데 한 시간짜리 방송용 기본 원고까지 직접 준비하는데도 6만 원 정도 받아. 하지만 앞서 말한 저 당시에는 스튜디오에서 하루 30분 방송하는데 15만 원을 받았어. 주말에는 17만 원이었고. 왜냐하면 진행자니까.

불과 몇 년 전에 식당에서 일할 때는 열 시간 일하고 5만 원을 벌까 말까 했는데, 그렇게 종일 일한 것보다 잠깐의 방송으로 더 많이 벌었어. 심지어 방송에서는 손님들이

버린 이쑤시개에 손을 찔릴 일도 없지.

일주일에 92만 원, 한 달에 368만 원. 통장을 보고도 믿어지지가 않더라. 내가 이렇게 큰돈을 벌어 본 적이 있던가 하고 말이지. 지금으로부터 20년 전 이야기야. 그때는 회사도 다니고 있었어. 투잡이었지. 회사에서는 120만 원 정도 받았어. 다른 방송도 종종 출연했고 여기저기에 기고도 했어. 그러다 보니 월수입이 600만 원에서 많게는 700만 원을 찍기도 했어.

스물여덟 살에 월수입 700만 원. 지금보다 물가도 쌌던 2001년의 일이야. 이보다 더 좋을 수는 없다. 이 상황에 딱 들어맞는 말이었어. 돈을 펑펑 썼지. 가계부를 쓰는 건 물론이고, 건전지가 다 되면 깨물어서 조금이라도 더 쓰고, 그래도 돈 쓰기 싫어서 웬만한 건 안 사고 버티는 짠돌이 김남훈은 사라졌어.

사람 봐 가며 카드를 발급한다는 신용카드 회사에서 연락이 왔지. 결혼 정보 회사 매니저가 방송국으로 찾아오기도 했어. 남부 터미널에서 송탄으로 가는 저녁 9시 40분 막차를 놓치면, 택시비는 물론 PC방 가서 시간 때우는 돈도 아까워서 공터 벤치에서 날밤을 새우던 나였는데 모범택시를 탔지. 가족은 물론이고 주변 사람들에게 통 큰 선물을 했어. 딱히 친분이 없는 이들에게도 술과 음식을 샀지.

한 달에 1000만 원을 벌 때도 있었는데 항상 적자였어. 왜냐하면 번 것 이상으로 썼기 때문이지. 수입은 전년에 비해 다섯 배 이상 늘었는데 매달 적자가 났어. 하지만 신경 쓰지 않았어. 잘나가는 김남훈에게 그깟 돈은 들어왔다가 나가는 것일 뿐. 어차피 다시 채워질 텐데 쪼잔하게 붙잡고 있을 필요가 있나.

지금 생각해 보면 난 거물 흉내를 냈던 거야. 진짜 실력 있는 거물들은 그 자체로 존재감이 있으니까 돈을 써 가며 자신을 증명할 필요가 없지. 하지만 난 돈을 쓰면서 그런 '척'을 하고 있었던 거야. 그리고 그게 계속 먹혔던 거지. 하지만 인생에 좋은 일만 계속 있는 건 아니잖아? 그러면 인생이 아니지.

시간이 흘러 개편을 맞이했고 난 방송국에서 잘렸어. 속이 쓰렸지. 그 쓰라림에서 벗어나려고 더더욱 돈을 썼어. 유명 가수 공연, 야구나 축구 빅 매치 관람권을 암표로 웃돈을 주고 샀어. 비싼 모터사이클도 샀어. 그래서 어떻게 됐게? 카드는 연체됐고 캐피털사에서 독촉 전화가 왔어. 돈이 떨어진 것을 알아채자 사람들은 빠르게 떨어져 나갔고. 서울에 처음 혈혈단신으로 올라왔을 때로 리셋이 됐지. 아니, 더 나빴어. 빚이 수천만 원이나 생겼거든.

서울에 처음 올라왔을 때 아는 형들 집을 전전했고, 돈을 벌면서 조그만 원룸을 얻었다가, 나중에는 강남역 근처에 그럴듯한 원룸까지 얻었는데 갑자기 갈 데가 없어졌어. 어쨌든 서울에 있어야 했기에 염치 불고하고 이제 막 신혼집을 차린 여동생 집에 얹혀살기로 했어.

꾸역꾸역 살았어. 꾸역꾸역. 정말 이 말 외에는 떠오르지 않아. 그 빚을 갚고 다시 삶의 일상성과 평화로움을 되찾기 위해서 몇 년간 뭘 하고 살았는지 기억도 잘 안 나. 말 그대로 닥치는 대로 일을 하며 꾸역꾸역 살았어. 평일 낮에는 직장에서 회사원으로 일하고, 저녁과 주말에는 조금이라도 더 벌겠다고 시합을 뛰었어.

상대 선수 발에 밟혀서 손가락이 부러지고, 쇠기둥에

부딪쳐 이가 부러졌어. 목구멍 안으로 이 조각이 들어가는 것도 느꼈지. 시합장에서 바로 응급실로 실려 가기도 했고. 운이 좋은 날은 그저 욱신거리는 고통과 젖산 가득한 피곤함만 가득 안고서 후배가 모는 낡은 봉고차 뒷자리에 퍼진 채 여동생 집으로 돌아오곤 했지.

서스펜션이 맛이 가서 이리저리 흔들리는 봉고차 안에서 창밖을 바라보며 군만두가 생각났어. 내가 꼭 군만두 같더라고.

"내 인생 군만두 같구나. 지지리도 실력 없는 요리사가 만든 군만두. 한쪽은 새까맣게 타고 한쪽은 아예 안 익은. 도저히 먹을 수 없는 군만두."

삶은 불확실해. 내일 어떤 일이 일어날지 어떻게 알겠고, 계획대로 되는 일이 어디 있겠어. 내가 생각한 대로 삶이 흘러간다면 그 삶은 의미가 있을까. 아예 의미가 없을 거야.

자, 이제 그럼 삶의 진짜 의미에 대해서 알아보자. 군만두 같은 인생에 대해서.

마냥 나쁜 일도 없다

어른들에게는 참 못된 습관이 있어. 자기가 살면서 얻은 경험들을 임의로 나열하고, 멋대로 교훈을 만들어서 자신보다 어린 사람들에게 강요를 해. 아니, 받아들이는 사람 입장이 어떤지 일단 물어보는 시늉이라도 해야 하는 거 아니야? 그래, 좋은 뜻에서 그런다는 거 백 번 양보해서 인정해 줄 수도 있겠지.

　그런데 아무리 노력해 봐도 이해되지 않는 게 있어. 어른들은 가끔 살면서 고통스러웠고 괴로웠던 일들, 그땐 정말 미칠 것 같았고 죽을 것 같았던 일들에 대해 나중에서야 의미를 부여해. "그때 그런 경험이 있었기 때문에 오늘의 제가 있을 수 있었습니다"라고 말이지. 교사에게 당했던 폭력, 군대에서의 가혹행위, 혹독했던 신고식, 극단적인 철야 노동. 분명 도덕적으로도 법적으로도 문제가 있고, 가해자가 처벌받아야 마땅한 일을 피해자가 스스로 미화하는 거야.

그 심정 약간은 이해가 돼. 그렇게라도 하지 않으면 혹독했던 고통이 아무런 의미가 없으니까. 억지로 사후 보정을 하는 게 아닐까 싶어. 본인에게는 너무나 힘들었던 그 시간들이 그저 가해자의 화풀이나 심술의 대상이었다고 하면 얼마나 슬프겠어.

뭐 여기까지는 정신 승리 차원에서라도 고개가 끄떡거리기는 해. 최악은 이걸 바탕으로 자신보다 어리거나 힘없는 사람에게 똑같은 고통을 선사하는 거야. "너도 나중에 알게 될 거야. 내가 널 위해서 이런다는 것을" 이라며 말이지.

왜 이런 말을 하냐면 걱정이 되어서 그래. 혹시 나도 경험을 이야기하며 나에게만 한정적으로 적용되는 귀납적으로 도출된 결론을 강요하는 게 아닌가 싶어서.

앞서 좋은 일이 꼭 좋은 일로 끝나지만은 않는다는 걸 이야기했어. 이번에는 나쁜 일을 말할 차례겠지. 내가 살면서 겪었던 나쁜 일이라면 글쎄다. '평범'이라는 범주에 들어가는 삶이라고 하기에는 다소 거리가 있다 보니 별의별 일이 있었단다. 그중 가장 기억에 남는 것은 역시 하반신 마비일 거야.

프로레슬링 경기를 하다가 목에 있는 연수 신경을 다쳤고 몇 달간 꼼짝도 못 했어. 간신히 비틀거리며 걷기까지 몇 개월. 거의 꼬박 1년이 내 삶에서 사라졌지. 참 엿같은 시간이었어.

노력 끝에 간신히 걷게 되었고, 다시 뛰게 되면서 프로레슬링에 복귀까지 했지. 복귀전을 펼치다가 잠깐 관중석을 바라봤어. 회복이 완전하지 못해 기술 동작이 이상하거나 로프 반동으로 뒤뚱거릴 때마다 관객들은 웃음을 터뜨렸지. 그간의 사정을 아는 어떤 관객은 박수를 쳤고 심지어 눈물을 훔치는 사람도 있었어.

누군가를 이해한다는 것은 노력이 필요한 일이라는 생각이 들더군. 몸의 절반을 내 의지대로 움직이지 못했던

23

몇 달은 진짜 최악이었어. 그런데 나 자신에게 화를 냈던 시간은 움직이지 못할 때가 아니었어. 방바닥에 붙박이 상태로 누워 있을 때는 아예 포기하는 마음도 있었으니까 화가 나진 않았어.

프로레슬링 복귀전까지 마치고 어느 정도 시간이 지났을 때였지. 모터사이클을 타고 이동하다가 문득 사고가 나고 정상으로 돌아왔을 때까지를 떠올려 봤는데 별다른 기억이 없는 거야. 그냥 백지야. 몇 개 떠올려 봤자 누워서 똥 쌌던 기억들 뭐 이런 거밖에 없어. 아니, 뭔가 기억이 좀 나야 되는 거 아니야? 뭐가 이렇게 허무해. 그래도 내 인생인데. 너무 화가 나서 모터사이클을 갓길에서 세우고 헬멧을 벗고는 그냥 땅에 대고 막 욕을 했어. 뭐야, 이 엿같은 허무함은.

이것 말고도 두 번의 나쁜 일이 있었어. 난 격투기 해설자로도 일했는데 정말 재밌었어. 한 달에 한 번 라이브 중계를 하고 일주일에 한 번 정도 녹화 방송을 했지. 아주 큰 돈이 들어오는 건 아니었지만 좋아하는 분야를 다루면서 돈까지 버니 얼마나 좋아. 정말 행복한 시간이었어.

그런데 방송국이 다른 곳에 인수합병되면서 내 자리가 없어졌어. 갑이 을을 인수했으니 을에서 일하던 사람은 어떻게 되겠어. 나가야겠지. 이때 참 막막했어. 고정으로 들어오던 수입이 없어지니 지출을 줄여야만 했고, 나중에는 타고 있던 모터사이클도 팔아야만 했지.

모터사이클은 택배나 배달을 업으로 사람이 아니라면 오직 '취미'를 위해서, 즉 타고 놀기 위해서 존재하는 물건이야. 그러니 그걸 팔 때 얼마나 속이 쓰렸겠어. 3년 넘게 이 일만 하면서 다른 쪽은 생각지도 않은 터라 바로 직장을 구하는 것도 어려웠어. 그래서 다시 서울에 처음 왔을 때처럼 온갖 일을 다 했지.

하객 아르바이트, 세미나 아르바이트 같은 것도 했어. 손님인 척하는 아르바이트는 뷔페에서 식사를 하면 2만 원을 받았고 하지 않으면 3만 5000원을 받았어. 얼굴이 조금 팔린 터라 날 알아보는 사람도 있었지만 뭐 죄 지은 것도 아니고 창피하지는 않았어. 다만 저 차액 때문에 밥을 못 먹고 돌아올 땐 약간 서글펐지.

몇 달간 이렇게 바닥에서 구르면서 다른 일을 계속 찾

앞어. 그러다가 1년에 한두 번 했던 강연이 생각났지. 아,
이걸 전문적으로 해 보자. 예전에는 누가 불러 주니까 가
서는 프레젠테이션 몇 장 띄우며 스포츠 스타들이 어떻
게 성공했는지 같은 이야기를 했는데 아예 내 이야기를
해 보자 생각했어.

마침 강연 업계에서 도전과 역경을 다룬 주제들이 한
창 인기를 끌 때였어. 나에게 가장 큰 시련은 몇 년 전에
있었던 하반신 마비잖아. 그리고 지금 다시 걸어 다니고
있잖아. 그럼 이걸로 강연을 만들어 보자. 누워 있다가 기
어가는 것에 도전하고 일어서는 것에 도전하고. 단계별
로 어떻게 앞으로 나아갔는지 사람들에게 말해 보자 싶
었지.

그런데 이게 먹힌 거야. 다른 유명인의 이야기가 아닌
강사 본인의 이야기다 보니 사람들이 집중하기 시작했
어. 청중들에게 편지를 받았고 SNS로 메시지를 받거나
댓글이 달렸지. 감동적이었다며 자기도 힘을 내겠다고
말이야. 허리 아래의 감각이 사라진 그 엿같은 사건은, 해
설자에서 잘린 그 막막한 사건은, 시간의 함수 속에서 묘

하게 블렌딩이 되며 '수익의 다변화'로 이어진 거야.

최근의 일을 말해 볼까. 좋은 기회로 다시 시작한 프로 레슬링 해설을 또 한 번 그만두게 됐어. 피동형 서술문에 서 알 수 있는 것처럼 자의는 아니었지. 그러나 예전과 다 르게 생계에 타격이 있지는 않았어. 앞선 사건 때문에 강 연, 연재, 다른 방송 등 금액 자체가 크진 않지만 수익의 다변화를 이뤄 냈거든.

대신 엄청난 상실감이 몰려왔어. 특히 아시아 최초로 미국과 동시 생중계를 도입하면서 고생을 좀 했거든. 내 가 사는 곳은 일산이고 방송국은 분당인데, 오전 9시 생 방송 시작 시간에 맞추려고 5시에 일어나서 준비했어. 미 리 7시쯤 도착해서 기다렸다가 메이크업을 받고 스튜디 오에 들어가는 거야. 거리는 겨우 40킬로 남짓이지만 교 통정체 때문에 조금만 늦게 출발하면 두 시간은 족히 걸 렸거든. 매주 수요일 새벽 5시 기상. 그런데 수요일뿐만 아니라 다른 날에도 새벽에 잠이 깼어. 수면의 질이 나빠 졌어. 이 때문에 스트레스가 심해졌고 폭식과 음주를 반 복했지.

해설을 그만두고도 계속 새벽에 눈이 떠졌어. 몸이 먼저 반응하고 일어나게 된 거지. 그럴수록 허무함이 몰려왔고. 다시 폭식과 음주를 하려는 순간, 마음을 바꿔 먹었어. 앞선 경험들이 하나의 샘플로 모범 사례가 된 거야.

40대의 내가 지금 가장 신경 써야 하는 것은 무엇일까 생각해 봤지. '건강'이라는 단어가 떠올랐어. 몸이 많이 안 좋다고 생각했거든. 실제로도 그랬어. 자다가 이유 없이 식은땀을 흘리기도 했고 늘 피곤함이 사라지질 않았지.

지금 밝히는 건데 한창 프로레슬링 해설을 할 때 몸무게가 126킬로그램이었어. 계단 한두 층 올라가는 것도 헉헉댔지. 일단 술을 끊었어. 식사를 조절했고 마침 합정역 근처에 새롭게 문을 연 코리안탑팀 격투기 체육관에 등록했지. 매일 한 시간씩 고강도 운동을 했어. 힘들었어. 몸도 힘들고 처음엔 정신적으로도 힘들었어.

이 나이에 스파링을 하다가 고등학생에게 두들겨 맞으니 아프기도 하고 쪽팔리기도 하고. 원래 꿈을 안 꾸는 편인데 일주일에 몇 번씩 꿈을, 그것도 불타는 건물에서 뛰어내리거나 기차에 매달리는 '키 크는 꿈'을 꾸기도 했어.

한 달, 두 달 시간이 지나자 운동의 즐거움을 몸과 마음으로 만끽하기 시작했고 회원들과도 한 대 때리고 웃고 한 대 맞고 웃는 정겨운(?) 사이가 됐지. 한 달이 지나자 5킬로그램이 단숨에 빠졌어. 그다음 달에는 3킬로그램이 빠졌고. 6개월이 지나자 20킬로그램이 빠졌지. 106킬로그램이 되자 몸이 가벼워지고 얼굴 턱선도 살아났어. 그래 봤자 아주 잘생긴 미남은 아니지만 아무튼 봐 줄 만은 하다는 말을 들었지.

이때 '좋은 일'도 생겼는데 정말 오랜만에 텔레비전 방송국에서 엠시 제안이 온 거야. 이게 또 기가 막힌 게 10킬로그램 정도 빠졌을 때였거든. 조금씩 몸매가 잡혀 가던 때였지. 만약 살을 하나도 안 뺀 상태였다면 화면에 잡혔을 때 아무래도 모습이 안 좋아 보이기도 했겠지만 무엇보다 의상이 큰 문제였을 거야.

그전까지는 맞는 옷이 없어서 이태원에서 산 검은색 양복 한 벌만 입고 다녔거든. 그런데 텔레비전방송에서 그렇게 할 수는 없었지. 방송국에서 어느 정도 준비를 해 준다고 하더라도 사이즈가 큰 옷은 개인이 준비해야 해.

그런데 그럴 필요가 없었어. 왜냐, 사이즈가 맞으니까.

매주 새로운 옷을 입으면서 신이 났어. 뭐야, 메이크업 받고 옷 좀 빼입으니 나도 괜찮아 보이는데? 특히 부모님이 정말 좋아하셨어. 갑자기 아들이 살도 빼고 옷도 쫙 빼입고 텔레비전에 나오니 얼마나 좋아. 게다가 그동안 아들 얼굴 보겠다고 격투기나 프로레슬링 같은 다소 흉한 것들만 보다가 일반 시민이 제작한 영상을 틀어 주는 다소곳한 방송이라니 너무 좋았던 거지.

이것뿐만이 아니야. 더 큰일이 있었어. 시간이 나서 4년 만에 종합건강검진을 받았는데 대장내시경으로 용종을 발견한 거야. 예전에는 없었거든. 바로 제거하고 조직검사까지 했는데 다행히 양성이래. 양성이라고 해도 못 찾고 놔뒀으면 나중에 어떻게 될지 모르는 거야. 만약 해설자를 계속 하고 있었더라면, 감량을 안 했더라면, 종합검진을 안 받았더라면. 글쎄다, 아마 좋은 일은 없었겠지?

좋은 일이라고 해서 마냥 좋은 일은 없어.

나쁜 일이라고 해서 마냥 나쁜 일도 없고.

몸을 다치고 직업을 잃는 건 삶에서 되도록 없었으면

하는 일들이야. 하지만 이런 일들이 벌어졌을 때 중심을 잡고 버텨 내면 분명 시간이 지나고서 도움이 되는 순간이 올 수도 있어.

격투기 링을 생각해 보자. 내 왼손이 상대를 맞혔다고 오른손을 풀 파워로 던졌다가는 중심을 잃은 채 카운터를 맞고 떨어질 수도 있어. 맞으면 아파. 당연히 아파. 무조건 아파. 익숙하지 않은 체육관 땀 냄새에 고개를 절레절레 흔드는 이제 막 글러브를 처음 껴 본 신입도 아프고, 라스베이거스 메인이벤트를 치르는 챔피언도 아파. 누구라도 아파. 하지만 중요한 건 중심을 잡는 거야. 그렇게 버텨 내면 언젠가 반격할 수 있어.

격투기 시합과 다르게 인생의 링은 살아 있는 동안 쭉 이어진다. 즉 계속 다음 라운드가 있는 거야. 이번 라운드에 점수를 많이 땄다고 자만하지 말고 너무 두들겨 맞았다고 실망하지 마.

어쨌든 다음 라운드가 있으니까. 왼손은 관자놀이에 오른손은 턱에 가드 올리고 스텝 밟으며 앞으로 나아가는 거다. 때리더라도 맞더라도. 앞으로.

들어 봐.

쉭쉭. 이 소리는 입에서 나는 소리가 아니야. 주먹에서 나는 소리지.

조금 늦으면 어때

꿈이나 진로에 대해 말해 볼까. 아, 키보드로 이 문장을 두드리자마자 너희의 짜증 난 얼굴이 막 떠오른다. 어른들이 말하는 꿈이란 거 항상 패턴이 정해져 있지. 맞아, 아마 그럴 거야.

"지금 꾹 참고 미래를 위해 투자해라."

"안정적인 직업이 최고야."

"그 성적으로 뭘 할 수 있겠어?"

"남들 다 하는 거 넌 왜 못해?"

"남들 다 하는 거 그대로 하면 어쩌자는 거야."

하나 더 말해 줄까? 부모님과 주변 친인척을 포함해 어른들이 하는 저런 이야기는 아마 너희가 학교를 졸업하고 대학에 가거나 사회인이 되어 결혼하고 아기를 낳아도 똑같은 패턴으로 이어질 거야. 조언과 타박이 뒤섞인 감정을 쏟아 내는 거지. 혹시 나도 그렇게 보일까 봐 좀 걱정이 되네.

자, 솔직히 말할게. 어른들은 이중적이야. 일본 소프트뱅크 손정의 회장, 우리나라 현대자동차 정주영 회장, 미국 애플 스티브 잡스. 어른들은 이런 사람들을 존경한대. 그러면서 이런 사람들을 다룬 책을 읽고 감명받아서 블로그나 페이스북에 내용을 요약해 올리고 그래. 그런데 정작 자녀가 이런 사람들처럼 '혁신적이고 창의적인 삶'을 살아가겠다고 하면 질색팔색을 해. 이른바 '고소득 전문직'이나 '안정적인 공무원'이 되라고 자녀에게 강요하지.

너무 웃기지 않아? 그러다 보니 조언과 타박이 뒤섞이면서 스텝이 꼬이는 거야. 남들 다 하는 것도 못하냐고 했다가 남들 따라 해서 뭐 하냐고 하고, 큰 꿈을 가지라고 하더니만 현실을 직시하라 그러고.

진짜 웃기지? 그런데 어른들도 나름 사정이 있단다.

1997년에 외환위기라고 나라가 정말 망할 뻔한 적이 있었거든. 우리나라는 예전부터 일제강점기에 6·25전쟁에 연이은 군사쿠데타까지 별의별 일이 있었지. 여러 사건을 겪은 이후 갖은 노력으로 꾸준히 상승 곡선을 그리며 밝은 미래를 꿈꿔 온 사람들에게 외환위기는 엄청난 충격을 줬어. 아주 간략히 말하자면 전 세계가 우리나라를 '신용불량국'으로 지정한 거야.

외화가 빠져나가고 나라에 돈이 떨어졌어. 나라에 돈이 떨어지니 어떻게 됐겠어? 재벌이 망하고 중소기업이 망했어..금고에 돈이 가득 있을 것 같은 은행도 망했어. 그러니 작은 회사들, 자영업자들은 말을 다 했지 뭐.

그렇게 망할 때마다 거기에 연관된 수많은 개인의 삶이 아작 났어. 난 그때 대학생이었는데 휴학을 하고 노래방, 음식점, 주차장에서 아르바이트를 해야만 했지. 그래도 그나마 나은 편이었어. 아주 심한 경우도 있었거든.

매일같이 극단적인 선택을 하는 사람에 대한 뉴스가 쏟아졌고, 시간이 지나자 너무 흔한 일이 되어 뉴스에서 아예 다루지도 않았단다. 이때를 경험한 대기업들은 번

돈을 재투자하지 않고 금고 안에 꽁꽁 감춰 두기 시작했어. 이때 20대를 보낸 어른들도 그랬어. 인생에서 안전이 최고다, 돈이 최고다. 이 믿음은 굳건한 가치관으로 자리 잡았고, 어른들이 너희에게까지 강요하게 된 거야.

그런데 어른들의 이런 관점에는 아주 큰 문제가 있어. 돈을 최고로 친다는 황금만능주의에 대한 비판을 떠나서도 대단한 결함이 있어. 바로 자신들이 겪은 경험을 바탕으로 직업을 추천하고 있다는 거지. 시간이 흐르면서 기술이 발달하고 사회는 변해. 그 변화의 속도는 점점 빨라지고 있어. 이젠 사람들이 따라가기 힘들 정도야..

4급 공무원 중에 '서기관'이라는 직함이 있어. 이건 원래 책을 옮겨 쓰는 필경사라는 직업에서 유래된 거야. 당시에는 책을 출판할 기술이 없었기 때문에 사람이 펜으로 하나하나 썼지. 필경사는 당연히 글을 아주 잘 쓰고 내용도 이해해야 했어. 고소득 전문직이었던 거지. 그런데 시간이 흘러 인쇄술이 발명되자 어떻게 됐을까? 이름만 흔적으로 남은 거야.

대표적인 고소득 전문직인 변호사나 의사는 어떨까?

변호사인데 빚을 못 갚아서 신용불량자가 되었다는 이야기는 이제 너무 흔한 일이라서 방송에서 취급도 안 해. 의사는 어떻고. 집안이 원래 부자였거나 할아버지가 병원장이 아니라면 의사 가운을 입는 순간부터 부귀영화가 펼쳐지는 일은 존재하지 않아. 텔레비전을 틀면 수많은 의사가 나와서 홍보를 하잖아. 왜 그러겠어? 그만큼 경쟁이 엄청나게 치열하기 때문이야.

필경사라는 직업이 이름만 남기고 사라지는 데는 오랜 세월이 걸렸어. 하지만 근현대에 이르러 기술이 발달하면서 새로 생기고 없어지는 직업이 빠르게 늘고 있지.

얼마 전에 차를 바꿨어. 무려 15년 만이었지. 반자율 운전 기능이라는 걸 써 봤는데, 세상에 서울 외곽에서 서해안 휴게소까지 거의 100킬로미터를 차 혼자 가더라. 난 가끔 핸들에 손만 갖다 대고 갑자기 끼어드는 차가 있는지 없는지만 보면 됐어.

예전에는 운전기사도 꽤 높은 수준의 급여를 받는 전문직이었어. 자동변속기나 파워핸들이 없던 시기에는 운전도 엄청난 기술이었지. 하지만 지금은 숙련도에 따라

대우가 다르겠지만 엄청난 고급 기술로 취급받지는 않
잖아.

어른들이 권하는 진로는 이런 맹점이 있어. 본인들이
약 20년 전에 겪은 경험을 지금으로부터 수십 년을 살아
갈 너희에게 똑같이 권한다는 거지.

만약 어른들이 권하는 진로와 너희가 생각하는 진로가
같다면 그건 5000만 원짜리 복권에 당첨된 거야. 그러니
그 행운을 즐기며 열심히 노력해. 그런데 만약 도저히 납
득할 수 없고 받아들일 수 없다면 어른들의 조언은 한 귀
로 듣고 한 귀로 흘려.

그래도 그 마음만은 이해해 주자고. 20대라고 해 봤자
너희와 몇 살 차이도 안나. 그 나이에 나라가 파산하면서
지옥을 본 거야. 생생하게 라이브로. 세상이 두 쪽으로 갈
라지는 걸 본 거지. 그 사이로 사람들이 떨어져 죽는 걸 봤
고, 어떤 사람은 떨어졌다가 천신만고 끝에 기사회생 또는
완전히 다른 삶을 살게 됐어. 그때의 공포는 링에서 1년에
몇 차례씩 거한들과 프로레슬링 경기를 뛰는 나에게도 생
애 가장 무서웠던 일로 남아 있단다. 정말이야.

너희에게 묻고 싶은 것이 있어. 너희는 어떨 때 행복해? 어떨 때 즐거움을 느껴? 꿈이나 진로를 통해서 뭘 이루고 싶은 거야? 세계 평화나 마블 히어로 같은 거창한 거 말고 딱 혼자만을 중심으로 생각해 보자. 결국 내가 이 길을 가야겠다, 내가 이 일을 직업으로 삼아야겠다고 마음먹는다는 것은 행복하게 살고 싶기 때문 아닐까.

그렇다면 여기서 한번 적어 보자. 난 어떨 때 행복한지. 그걸 정리해 보면 앞으로 어떻게 살아가야 할지 알 수 있지 않을까. 먼저 나부터 정리해 볼게.

1. 모터사이클을 타고 동쪽으로 달릴 때
2. 프로레슬링에서 멋진 경기를 했을 때
3. 사람들이 내가 쓴 글을 읽고 좋아할 때
4. 가족, 연인, 친구와 기분 좋게 놀 때
5. 아주 색다르고 맛있는 음식을 먹었을 때
6. 방송, 강연을 할 때
7. 책 탈고했을 때
8. 사랑한다, 존경한다는 말을 들었을 때

9. 누군가를 물질적으로 도울 때

10. 신제품 언박싱할 때

대략 열 가지 정도를 써 봤어. 이 열 가지가 내가 행복함을 느낄 때야. 그렇다면 이 행복을 계속 누리기 위해서내가 해야 할 일들이 생기겠지.

난 모터사이클을 좋아해. 개방형 머신을 타고 동쪽으로 달리며 산들바람을 온몸으로 느낄 때가 참 좋아. 이걸지금뿐만 아니라 50대, 60대, 70대가 되어서도 느끼기 위해서는 몸이 튼튼해야겠지. 아프거나 몸이 불편하면 모터사이클을 탈 수가 없잖아. 그렇다면 규칙적으로 운동하면서 건강관리를 해야겠지.

건강은 모든 행복 요소에서 절대적이다. 난 정신력을 안믿어. 정신은 육체라는 껍데기가 있어야 하는 것이고, 건강이 무너지면 모든 게 무너질 수 있어. 자, 이런 식으로내가 행복을 소유하고 유지하기 위해서 어떤 것들이 필요한지 보는 거야.

신제품 언박싱을 하려면 돈이 있어야겠지. 생필품을 사

고도 여윳돈이 좀 있어야 할 거야. 사랑한다, 존경한다는 말을 들으려면 불법이나 탈법적인 일을 해서는 안 되겠지. 아무리 돈을 많이 준다고 해도 법에 저촉되거나 다른 사람에게 피해를 끼칠 수 있는 일을 해서는 안 되는 거야.

또 할 수 있는 범위에서 사회 공헌 활동을 해야겠지. 마음으로 응원한다? 어른이 그런 말을 하면 비겁한 거야. 몸으로 응원하고 돈으로 응원해야지. 그래서 여러 현장을 찾아가고 후원도 한단다. 방송, 강연을 하고 책을 쓰려면 공부를 해야겠지. 머릿속에 든 게 있어야 말도 하고 글도 쓸 수 있잖아.

이런 행복을 계속 느끼기 위해서 난 프로레슬러가 되었고 강사가 되었고 방송인이 되었고 작가가 되었어. 내가 하고 있는 일은 경제적 수단이기도 하고, 그 일을 하기 위해서 노력하는 것 자체가 나에게 행복이기도 하지. 참 운이 좋은 것처럼 보이지만 프로레슬러 입문을 비롯해 거의 모든 것이 20대 후반과 40대 초반 사이에 이루어졌어. 나도 고등학교 때부터 시작해서 10년 이상을 진로에 대해 고민하고 시행착오도 겪어 왔던 거야.

이런 식으로 해 보자. 먼저 내가 어떤 때 행복을 느끼는지 정리해 보고 거기에 필요한 것들을 생각해 보자. 그리고 필요한 작업들을 머리로 해 보고 실제 몸으로도 해 보자. 그러다 보면 꿈과 진로가 추상화가 아닌 정물화로 떠오를 거야. 그 정물화는 이정표가 된다. 그럼 그 화살표를 보고 따라가면 돼. 그리고 이 길이 아니다 싶으면? 다시 고민하고 다시 정하면 되는 거야.

내가 언제 가장 행복한지를 먼저 파악해 보자. 그 행복한 것들을 오랫동안 느끼기 위해서는 어떤 일들을 해야 할지 생각해 보자.

다른 친구들이 이미 목표를 향해 맹렬하게 돌진하는 것을 보니 불안하니?

괜찮아, 조금 늦게 출발해도 괜찮아.

어디로 갈지를 계속 고민하고 아니다 싶으면 다시 수정하고 노력하는 것. 그게 인생이란다.

다시 말하지만 조금 늦게 출발해도 괜찮아.

위선도 결국 선이야

"90분 떠들고 100만 원 받는 거야? 좋겠다."

"작가들이 써 준 대본만 읽는데 그렇게 돈을 많이 준다고?"

"외국 시합 나갈 때 비행기 표랑 호텔도 잡아 준다고? 재밌게 사네."

호기심. 내 맞은편에 앉아 있는 사람 눈에서는 항상 호기심이 느껴져. 저 사람 힘이 얼마나 셀까, 상대를 때릴 때 느낌은 어떨까, 생긴 거와 다르게 말을 잘하는데 어디서 배운 걸까, 글도 좀 쓰는데 정말 자기가 쓴 걸까 등등.

이런 호기심은 마치 깔때기처럼 한곳으로 모이는데 바

로 '돈'으로 수렴하지. 버는 돈에 대해서 이야기하는 거, 가끔 페이스북이나 포털사이트 메인에 올라오는 'S전자 대리는 얼마를 벌까?' 같은 카드 뉴스가 제일 인기잖아. 사람들이 다소 머뭇거리면서 얼마 버냐고 물어볼 때의 표정을 보는 것도 재밌고, 내가 한 대답에 대한 반응을 지켜보는 것도 재밌어.

내가 구체적인 금액을 말하면 반응이 크게 세 가지로 나뉘거든. 첫 번째는 감정, 정확히 말하자면 반응을 전혀 감추지 못하는 사람들이야. "진짜야?", "좋겠다" 등등. 이 정도까지는 그러려니 하겠는데 전진 기어를 넣고 마구 들어오는 경우도 있지. 마치 브레이크 풀린 트럭처럼.

"그거 짜고 하는 거 아냐?"

"연예인 보면 진짜 예뻐?"

"정말 그 둘이 사귄데?"

맞은편에 앉아 있는 나에 대한 존중이 전혀 느껴지지 않아. 그저 지금 궁금한 걸 꼭 알아야겠다는 다섯 살 아이처럼 칭얼대는 거야. 별로 친하지도 않은 사람들이 대개 이래. 이제 막 명함을 교환했거나 건배 한 번 했을 뿐인데 말이지.

두 번째는 "아 그렇구나"라며 시큰둥하게 넘어가는 경우인데 알고 보면 노련한 사람들이지. 특히 알고 지낸 기간이 길지 않거나 별로 친하지 않은데 돈 이야기를 꺼내는 건 좀 부담스럽잖아. 그 부담을 이기고 용기를 내서 원하는 정보를 얻고는 안 그런 척하는 거야. 그러면서 미리 준비해 둔 다른 주제로 바로 넘어가는 거지.

"아, 그런데 마블 영화에 키아누 리브스 나온다면서요? 와, 무슨 역으로 나올까나?"

이런 사람들은 자기 집 창문을 결코 활짝 열지 않아. 아주 조금만 열고 밖을 쳐다본 다음 용무가 끝나면 다시 닫아 버리지. 넘지 말아야 할 선과 넘을 수 있는 선을 잘 구별해. 이런 사람들과는 업무 이외에 같이 놀러 간다거나 사적인 시간을 같이 보낼 수도 있지.

세 번째는 내 이야기를 충분히 듣고 그 정보를 소화시킨 후, 다시 한번 생각하고서 궁금한 점이 있으면 조심스럽게 묻는 사람들이야.

"그렇구나. 그런데 그렇게 시합하면 몸이 괜찮아? 많이 다치거나 하지 않아?"

"강연이 돈이 좀 되네. 그런데 듣는 사람들이 매번 다를 텐데 그럴 땐 어떻게 해? 준비 많이 해야겠네."

이 사람들은 상대방의 역린이 어딘지 알아. 지뢰밭을 조심스럽고 능숙하게 건너는 사람들이지. 이런 질문을 듣게 되면 나도 자세를 바로 잡아. 제대로 된 상대를 만났다는 생각이 들기 때문이지. 그리고 성심성의껏 대답해.

내 힘이 얼마나 센지 알고 싶다면 벤치프레스를 하거나 누군가와 팔씨름을 하면 금방 알 수 있지. 상대방의 인격을 알고 싶다면? 이야기를 해 보면 금방 드러나. 특히 질문과 질문이 오가는 대화를 하면 바로 알 수 있어. 대화는 말만 오고 가는 게 아니야. 표정, 자세 같은 비언어적 상징도 엄청나게 오고 가. 이런 게 모두 하나로 모여서 그 사람의 인격을 나타내지.

질문을 직업으로 하는 사람들이 있어. 기자나 방송인이겠지. 놀라운 사실 하나 알려 줄까? 내가 지금까지 만난 기자 중 3번과 같은 태도를 취한 사람은 극히 드물었어. 2번도 별로 없었고 1번이 상당수였어. 눈앞의 결승선을 향해 질주하는 단거리 육상선수처럼 쉴 새 없이 자기가 궁금한 걸 떠들어 댔어. 이런 사람들은 애초부터 나한테 듣고 싶은 대답도 정해져 있어. 그 답이 나오지 않으면 계속 물어보고 또 물어보지.

심지어 어떤 방송인에게는 아주 크게 실망한 적도 있어. 작가와 프로듀서의 섭외 요청을 받고 출연했는데 정작 진행자는 나에 대해 전혀 모르고 아무런 준비도 해 오지 않은 거야. 대본에 내 자료가 있는데 한 번도 읽지를 않고 질문도 대본대로 하지 않았지. 내가 하는 대답에 반사적으로 반응하고 단편적인 질문만 하다가 끝났어.

반대의 경우도 있지. 정관용 시사평론가의 프로그램에 출연했을 때였어. 원래 쇠락하는 프로레슬링에 관해 이야기를 나누려 했는데, 내가 소년원 특강을 다닌다는 것을 알자 프로레슬링 분량을 줄이고 소년원 이야기를 좀 더 늘렸어. 내가 그러길 원했거든. 즉석에서 인터뷰이가 원하는 쪽으로 방향을 수정했지만 전혀 기분 나빠하지 않았어.

그분은 한 시간 내내 내가 하는 말에 고개를 끄떡이며

공감을 표했고, 그 정보들을 바탕으로 본인은 물론 청취자들이 궁금해할 질문들을 하나씩 꺼냈지. 서로 공유할 수 있는 큰 공감대 속에서 세부적인 것들을 끄집어내어 하나씩 블록처럼 짜 맞추는 것. 그리고 두 사람이 그런 작업을 했다는 것. 방송 출연이라는 '업무'로 스튜디오 안에 들어섰지만 나갈 때는 목욕탕을 나서듯 뭔가 시원한 느낌이었어.

말은 아주 훌륭한 의사소통 도구야. 하지만 잘못 사용하면 다른 사람에게 해를 끼치고 다치게 할 수도 있어. 똑같은 자동차라도 교통신호를 잘 지키고 양보까지 잘하는 넉넉한 품격을 갖춘 사람이 운전하면 아무 일 없이 목적지까지 가겠지만, 음주 운전자가 핸들을 잡는 순간 살인 무기로 변하고 말지. 그리고 본인도 죽거나 다쳐.

말을 잘하는 사람은 목소리가 크거나 하고 싶은 이야기를 마구 쏟아내는 사람이 아니야. 그렇게 하자면 스마트폰이 이 세상에서 말을 가장 잘해. TTS(음성합성시스템)를 켜면 정확한 발음으로 절대 지치는 법 없이 계속 떠드니까. 그런데 그게 아니야. 충분히 듣고 그 사람의 마음을 헤아릴 줄 아는 사람이 정말 말을 잘하는 사람이야.

그래서 이건 지능으로도 연결돼. 내가 이 말을 했을 때 상대방은 기분이 좋을까, 나쁠까? 나쁠 수도 있는데 꼭 이 말을 해야 한다면 난 어떻게 해야 할까?

뭐야, 이렇게나 남을 생각하면서 말해야 해? 겉과 속이 다르잖아. 이거 위선적인 거 아니야? 이런 생각이 들 거야. 맞아, 위선적일 수도 있어. 아니, 위선이야. 그런데 위선은 결과적으로 선이야.

말과 행동으로 나타나지 않은 사람의 마음을 정확하게 분석해 낼 방법은 없어. 가능한 존재가 있다면 그건 신이겠지. 그래서 사람들은 말과 행동을 바탕으로 다른 사람을 평가하는 거야. 그러니 말을 조심해야 하지.

"넌 왜 이렇게 뚱뚱해?"

"엄마밖에 없어?"

"공부 진짜 못하네."

"이거 살 돈도 없어?"

이런 말들을 아무 생각 없이 내뱉는 사람은 어떻게 되는지 알려 줄까? 1년에 한두 번, 설날이나 추석 때 어쩌다 한 번 볼까 말까 한데 나쁜 기억만 남는 그런 사람이 되는 거야. 질책과 타박이 가득 섞인 질문만 해 대는 그런 사람. 왜 기분 나쁜지는 알지?

내가 좋아하는 이슬람 격언이 있어. '말을 하기 전에 먼저 그 말이 세 개의 문을 통과하게 하라.' 첫 번째 문은 그 말이 사실인가? 두 번째 문은 그 말이 필요한가? 세 번째 문은 그 말이 따뜻한가?

말을 꺼내기 전에 조금 더 생각하자. 차라리 위선적인 게 나아. 그러면 언젠가 알게 될 거야. 주변에 따뜻한 사람들이 점점 늘어나고 있다는 것을. 사람은 비슷한 사람끼리 뭉치게 되어 있거든.

차라리 욕을 하자

언어는 개념의 바다라고 하잖아. 넓고 큰 바다에서 새로운 생명체가 태어나고 사라지듯이 언어의 바다에서도 이처럼 단어가 생겼다가 없어지고는 해.

내가 중학교에 다닐 때 '회수권'이라는 게 있었어. 시내버스를 탈 때 내는 버스표인데 버스회사에서 다시 거두어들인다고 해서 회수권이라고 했지. 이 단어를 접했을 때 시내버스가 떠오르는 사람은 아무래도 나이가 좀 있는 세대일 거야.

이런 게 또 뭐가 있을까? 지금이야 스마트폰이 보급되면서 와이파이나 블루투스의 개념을 알고 있는 사람들이 많지만 예전에는 얼리어답터들이 쓰는 단어였지. 드라마를 몰아서 보는 '정주행'이라는 단어도 마찬가지야. 온라인 스트리밍 서비스가 없던 시절에는 드라마를 한 번에 몰아 본다는 건 있을 수 없는 일이었지.

학력고사로 대학을 갔던 어른 입장에서 들을 때마다 가슴 아픈 단어들이 있어. 나도 가끔 무심코 내뱉는데 그게 결국 바늘로 가슴을 찌르듯 아플 때가 있단다. '스펙'이라는 단어가 그래. 유튜브에서 스펙을 검색을 하면 '단기간 스펙업 총정리' 이런 제목을 단 영상들이 주르륵 떠. 그런데 스펙은 원래 사람한테 쓰는 말이 아니야. 기계나 컴퓨터에 쓰는 말이지. 그래서 영어로 spec을 입력하면 기계와 관련된 영상이 나와.

어쩌다가 기계에나 쓰는 말을 사람에게 적용하게 된 걸까. 네이버에서 자동차 스펙이라고 치면 현대자동차나 기아자동차에 합격한 사람들의 자격증, 토익 점수 같은 게 나오는 세상이야. 그래서 스펙이라는 단어를 들을 때마다 너희에게 미안한 감정이 들어. 학력고사 시절에는 그런 단어가 없었거든. 그때는 대학을 나오면 어떻게

든 밥은 먹고 살 수 있다는 낙관이 있었지. 그 낙관 때문에 행동의 폭이 넓었어.

열심히 자기 미래를 준비하는 이들도 있었고, 하고 싶은 일을 찾아 떠나는 이들도 있었고, 막무가내로 대차게 노는 이들도 있었지. 물론 앞으로 갈수록 더 밝은 내일이 있을 확률이 높았지만 뒤로 간다고 해서 어두운 절망만 있는 건 아니었어.

그런데 우리 세대가 간과한 게 있어. 어른이 된다는 건 경제생활을 영위하며 결혼하고 아이를 키우는 것도 있지만, 다음 세대에게 조금이나마 더 좋은 세상을 물려줄 수 있도록 노력해야 하는 것도 있지. 우리 위 세대는 그런 점에서 민주화 투쟁의 공이 있어. 우리 세대도 나름 한다고는 했는데 사람에게 스펙이라는 말을 쓰는 걸 볼 때마다 많이 부족했나 후회가 되고는 해.

'가성비'라는 단어도 마찬가지야. 특히 음식에 이런 말을 쓰는 걸 블로그나 트위터에서 볼 때마다 미안한 마음이 들어. 음식은 기호가 가장 강렬하게 작용하는 대상이야. 나한테 맛이 있으면 맛있는 거고, 맛이 없으면 맛없는 거지. 또 비싸거나 싸거나 각각의 잣대가 적용돼.

그런데 가성비라는 단어를 쓰면서 맛없고 영양도 불균형한 음식을 싸다는 이유만으로 먹는 듯한 느낌이 들어. 그런 건 먹으면 안 되는 거야. 돈을 더 주고 괜찮은 거 먹어야지. 왜 먹는 거에 가성비를 따지면서 내려간 수준을 견디려고 하는 거냐고. 이건 어른들이 잘못하는 거야. 정말로.

중2병이라는 단어는 더욱 마음이 아파. 아니, 화가 나. 그 나이 때는 자아와 육체가 엇박자를 만들어. 성장이야, 그게 바로 성장이라고. 그런데 그걸 마치 병처럼 다루다니. 행여 그게 과하다고 해도 타인에게 해만 끼치지 않으면 괜찮아. 중2병 같은 행동은 10대에게는 절대 병이 아냐. 만약 어른들이 철없이 그런 행동을 한다면 당연히 구속해야지.

자기 자신을 드러내길 좋아하는 게 병이라고? 자신의 존재를 세상에 더 알리고 싶고 인정받고 싶고 그러다가 좌절을 느끼기도 하면서 사람은 성장하는 거야. 물론 그 속에서 다소간의 불편함이 있겠지.

또 이런 말들은 만들거나 쓰지 않았으면 해. 몸이 불편하거나 형편이 좋지 않거나 국적이나 피부색 등을 비하하는 표현들 말이야. 그런 말들은 자연스럽게 잘못된 개념을 만들고 그것을 정당화하며 심지어 널리 퍼뜨리기까지 한단다.

인터넷 뉴스 검색에서 10대 은어라고 치면 기사들이 주르륵 나오는데 재밌는 게 뭔지 알아? 2020년에도, 2010년에도, 2000년에도 심지어 1980년, 1970년 저 멀리 1930년에도 '요즘 10대들의 은어 사용으로 소중한 국어가 오염된다'라는 취지의 기사들이 나와. 내가 10대일 때도 여러 은어들이 있었어. 야리(담배), 빵(기념식), 좁밥(인기 없는 사람), 콩(성관계) 등등. 이런 단어를 쓰면 어쩐지 세 보이고 무리 안에서 속해 있다는 동질감 같은 게 느껴졌거든.

내가 10대 때 썼던 말을 지금 쓰지 않는 건 더 이상 그런 말들로 나를 드러낼 필요가 없고 무엇보다 별로 멋도 없기 때문이야. 즉 자연스럽게 쓰지 않게 됐어. 겨우 그것 때문에 국어가 파괴되지도 않지.

누군가 스펙이라는 단어를 사람에게 썼을 거야. 음식을

평하면서 가성비라는 단어를 사용했겠지. 중2병이라는 말도 그렇게 자연스럽게 널리 퍼졌겠지. 그리고 사람을 기계처럼 재단하고, 볼품없는 음식을 먹고, 좀 시끄러운 아이들을 환자로 취급하게 됐을 거야. 여기까지는 모두 나 같은 어른들이 잘못한 거야. 이건 정말 할 말이 없어.

그런데 너희도 같은 실수를 하지 않을까 걱정이 돼. 너희 또래가 많이 사용하는 커뮤니티 사이트나 인터넷 카페를 종종 들어가 볼 때가 있어. 초성만 쓰는 건 대략 의미를 유추하겠는데 그 외에는 정말 모르는 말이 많더라고. 그래서 페이스북에 이런 말들을 좀 알려 달라고 했더니 몇몇 분들이 댓글로 알려 주는데 정말 깜짝 놀랐어.

가족 관계, 주거 형태, 소득, 지역 등 이런 걸로 사람을 범주화하고 놀리는 단어가 왜 이렇게 많은 거니. 심지어 비극적 참사의 피해자들을 놀리는 말도 있더라. 그러면 정말 안 돼. 그런 말들은 칼이 되어서 어떤 사람의 가슴을 뚫고 들어갈 거야. 그리고 그런 말들은 상대적 소수와 약자를 분리된 존재로 만든다.

그런데 이렇게 누군가를 모욕하고 배제하다 보면 삶의

저변이 점점 좁아지는 건 바로 자기 자신이야. 무엇보다 마음이 아픈 것은 그런 단어들을 쓰는 걸 너희보다 어린 후배들이 보고 따라하는 거야. 사람은 자극이 강렬한 쪽으로 흘러가기 마련이라 더 심한 표현들이 나오겠지. 그걸 보며 어떤 생각이 들 것 같아?

이런 것도 생각해 보자. 부모님이 건강하고 집에 돈도 좀 있고 공부도 꽤 하며 몸도 튼튼하다고 치자. 그런데 앞으로 평생 이런 상태가 유지 될까? 만약 어떤 결핍이 발생해서 삶이 나락으로 떨어졌는데 본인이 열심히 썼던, 널리 퍼뜨렸던 그런 단어로 모욕을 당하거나 또는 내 자녀가 그런 대우를 받는다면 어떤 생각이 들까.

미운 놈은 미운 거지. 정말 욕을 퍼붓고 싶은 놈도 있겠지. 뭐 어쩌겠어. 죽도록 미운 놈이 있으면 차라리 그냥 욕을 해. 오히려 그게 더 현명한 방법이야.

화내지 않는 기술

끝판 대장, 타노스.

강연 업계에서 너희를 일컬을 때 쓰는 말이야. 나는 기업 강연을 많이 하지만 종종 중고등학교로 특강을 가고는 해. SNS에 "내일 ○○중학교에 특강 갑니다"라고 글을 남기면 같은 일을 하는 강사 분들의 위로 댓글이 주르륵 달려.

—살아서 돌아오세요.

—미리 조문합니다. 조의금은 어디로 입금하나요?

—오늘 소고기 먹어 두시고, 내일 강연 전에 우황청심환 꼭 드시길.

사정을 모르는 사람들은 피식 웃기도 하겠지만 이 업계 사람들에게 중고등학교 강연이란 정말 너무나 힘든 일이란다. 나 같은 강사들은 대개 강연 업체의 연락을 받고 강의를 하러 가거든. 공공기관이나 기업은 강연을 듣는 사람이 성인이고, 무엇보다 자기가 속한 조직의 체면을 생각해서라도 본능을 억누르면서 자리에 앉아 있어. 강연이 재미없거나 본인에게 안 맞아도 대 놓고 자거나 딴짓을 하는 경우는 거의 없지.

  너무 졸리거나 도저히 못 앉아 있겠다 싶으면 스마트폰을 들고 아주 급한 전화가 왔다는 듯 밖으로 나가지. 그러고선 아예 안 들어와. 나도 잘 알지만 모르는 척하는 거야. 나중에 사회로 나가면 알겠지만 이렇게 '척'을 하는 게 사회생활의 기법이자 무기가 되거든.

  그런데 말이야…… 너희는, 너희는 다르다. 직장에서 매달 급여를 받는 노동자는 자신의 평판이 나빠질까 봐내 말에 귀를 기울여. 하물며 대학생도 교수 눈치는 보거든. 그런데 너희는 다르다. 학교에서 돈을 받는 것도 아니고, 특강이 내신에 영향을 주는 것도 아니잖아. 오히려 기존 수업과는 다르게 맘껏 행동할 수 있는 시간이지.

선생님들이 계속 돌아다니며 학생들에게 주의를 주지만 어차피 시간이 지나면 그분들도 포기할 수밖에 없어. 자고 싶으면 자고, 게임하고 싶으면 게임하고, 친구랑 떠들고 싶으면 떠들면 돼. 마음을 먹기 나름이지.

허리 높이까지 오는 연단에 서서 시선을 살짝 내리면 앞서 말한 상황이 마치 우리나라에서 제일 크다는 전주 CGV 아이맥스 스크린처럼 거대하게 입체적으로 펼쳐져. 좀 안 보였으면 좋겠는데 이런 된장, 눈에 다 들어와. 심지어 스마트폰을 들고 카카오톡을 하는 건지, 페이스북을 하는 건지, 게임을 하는 건지, 손 움직임과 호흡, 자세 이런 것들을 보면 판단이 설 정도라니까.

그래서 저 멀리 뒤편에 앉아 있는 애꿎은 선생님들 쪽으로 시선을 고정하거나 벽에 걸린 시계 또는 아예 일부러 조명을 계속 쳐다보면서 시신경의 기능을 잠시 무디게 하는 강사들도 있지.

그런데 사람은 감정의 동물이잖아. 속에서 뭔가 부글부글 끓어오르는 게 느껴져. 아까 교장실에서 차 한잔할 때 교장선생님이 "우리 애들이 착해요"라고 했는데 착하긴 개뿔.

'내가 이런 대접을 받으려고 여기 왔나.'

길은 또 왜 이렇게 막혀? 지각 안 하려고 예정보다 한 시간 일찍 출발했는데 간신히 도착. 그런데 주차장에 차가 빼곡. 주차도 간신히 했네.

'내가 이런 대접을 받으려고 여기 왔나.'

프로젝터가 왜 이래? 화면이 너무 흐릿하잖아. 램프를 대체 언제 교체한 거야? 스피커는 백색소음 때문에 귀가 멍하고 머리까지 아프네.

'내가 이런 대접을 받으려고 여기 왔나.'

결정적으로 학생들은 왜 이래. 뭐가 이렇게 산만해. 가만히 앉아 있는 녀석이 한 명도 없네. 잠깐, 저기 세 번째 줄…… 저 녀석은 아예 코까지 골고 있네? 헐.

'내가 이런 대접을 받으려고 여기 왔나.'

이런 생각들이 불규칙한 난수로 심장과 머리에서 쏟아져서는 온몸 구석구석 돌아다니다가 터져 버리는 거야. 화를 내는 거지. 성질을 내는 거야. 강사들이 화를 내는 건 크게 두 종류가 있어.

첫 번째는 말 그대로 불같이 화를 내는 거야. 학생들의 잘못된 태도를 지적하고 바로잡길 요구하지만 이미 설득이나 훈육의 언어는 아니야. 욕만 안 했을 뿐이지 자기가 지금 얼마나 기분이 나쁜지 그대로 드러내는 거지.

두 번째는 노트북 화면과 교재만 보면서 무슨 주문을 외우듯이 줄줄 읽어 대는 거지. 이것도 화가 난 거야. 그런데 밖으로 완전히 드러내지는 못하고 이렇게 소극적으로 화풀이를 하는 거지. 그래 너희는 떠들어라. 나는 그냥 이러다가 간다. 그래도 강연료 25만 원은 들어온다. 그런데 90분 강연에 25만 원이라니. 다시 열받네. 이게 말이 돼? 에이 씨.

내 이야기냐고? 그렇기도 하고 아니기도 해. 나도 학생들이 내 강연에 집중하지 않으면 속이 뒤틀려. 어찌나 뒤틀리는지 위벽 어딘가에 붙어 있던 어제 먹은 코스트코 피자가 다시 입 밖으로 튀어나오려고 해. 그래도 화는 안 내. "똑바로 앉아!"라고 소리치지도 않고, 자료만 보면서 웅얼대지도 않아.

상황이 아무리 최악이라고 해도 중심을 잡으려고 노력해. 때로는 강연과 관련 없는 농담을 꺼내면서 주의를 환기시키기도 하고 애교를 부리기도 하지. 그런 시도가 실패할 때도 있고 성공할 때도 있지만 결코 화를 안 내. 정확히 말하자면 화가 났지만 표현하지 않는 거지. 아까 말한 '척'을 하는 거야.

'화'에 대해서 이야기해 볼까. 화는 내는 것보다는 내지 않는 게 훨씬 좋아. 삶이나 인생은 선택이 쌓여 이루어지거든. 몇 년, 몇 달 또는 몇 시간, 몇 분, 몇 초마다 선택을 하고, 그 선택들이 모여서 인생의 방향을 결정하며, 바로 또는 아주 나중에 그 결과를 받게 돼.

그런데 화를 내면 선택에 오류가 생길 가능성이 커져. 작은 오류라면 어떻게 해결을 하겠지만 청소년기를 지나 성인에 들어설 무렵부터는 그 오류에 대한 책임이 거의 무한대를 향해 간단다. 그래서 지금부터라도 화를 내지 않고 자신을 다스리면서 선택하는 법을 찾고 연습하고 훈련해야 돼.

그럼 앞서 말한 상황에서 난 어떻게 화를 내지 않는 것일까. 1년에 수십 회 이상 경험하지만 왜 지금까지 단 한 번도 화를 내지 않았을까. 아니, 정확히 말하자면 화가 나더라도 평정심을 유지하면서 강연을 이어 갈 수 있었을까. 내가 몇 가지 '기술'을 알려 줄게. 여기에는 단계가 있어. 가장 쉬운 것부터 설명해 볼까.

먼저 인연을 생각해. 인연? 좀 고리타분해 보이지? 나도 쓰고 보니까 그래. 그런데 이 인연이란 거 정말 중요해. 불교 용어 중에 겁(劫)이라는 말이 있어. 1겁은 세상이 한 번 만들어졌다가 사라진 후, 다시 만들어질 때까지의 시간을 말해. 「인연경」이라는 불경에서 부처님은 500겁의 인연이 있어야 서로 옷깃이 한 번 스치고, 1000겁의 인연은 같은 나라에 태어나게 하고, 3000겁이면 하룻밤을 함께 묵게 되고, 5000겁이면 한동네에 살게 하며, 7000겁이면 한집에 태어나 살게 하고, 8000겁이면 부부의 연이 맺어진다고 하셨어.

강연을 듣는 학생들을 오늘이 아니면 또 볼 일이 있을까? 아마 없을 확률이 커. 내가 강연장에서 학생들을 만난 것도 몇 겁의 인연이 있어야만 가능한 것일 테고. 아마 살면서 다시 만날 일은 아주 극히 적어. 그래서 인연이라는 게 엄청 소중한 거야. 자고 떠들고 딴짓을 하고 있더라도 같은 공간에 있다는 것. 강사와 수강생의 신분으로 만났다는 것. 90분 남짓이지만 스승과 제자의 끈으로 이어졌다는 것. 내 입장에선 정말 귀하고 고맙단다.

이런 인연을 생각해서라도 내가 이성을 잃어선 안 되겠지. 무엇보다도 강연장에서 나의 모습이 학생들에게 기억될 유일한 김남훈일 거야. 직접 만나서 이야기를 들은 아주 구체적인 이미지로 말이야. 그 기억을 소중하게 남기는 것은 나를 소중히 여기는 것과 맥이 통한단다.

사실 인연만으론 역부족이야. 학교 강연은 정말 힘들다. 이럴 때는 학생들이 아니라 대신 미워하고 짜증 낼 존재를 머릿속에 그려 보는 거야. 바로 호르몬이지. 사춘기인 너희를 지배하는 호르몬은 2차 성징에 영향을 끼치는 테스토스테론과 에스트로겐이라고 할 수 있어. 남자 청소년의 테스토스테론은 성인에 비해 무려 45배나 많대.

이런 호르몬들은 뇌를 자극하고 폭발적으로 성장시켜. 어른으로서 활동을 할 수 있도록 뇌가 하드웨어적으로 준비를 하는 거야.

그런데 아쉬운 부분이 있어. 뇌의 모든 부위가 한 번에 발달하지 않는다는 거야. 감정에 관여하는 뜨거운 뇌는 빠르게 성장하는 반면 이 감정을 조절하는 차가운 뇌는 상대적으로 천천히 성장한다고 해.

감정을 담당하고 있는 영역과 인지를 담당하고 있는 영역들이 동시에 균일하게 발달하지 못하다 보니 여러 문제점이 생겨. 엔진 배기량은 크지만 브레이크 성능이 떨어지는 자동차 같은 것이지. 그리고 그 자동차 수백 대가 내 눈 앞에 있네, 헐.

다시 생각해 보는 거야. 지금 눈 앞에 펼쳐진 아수라장은 이 녀석들의 자유의지가 아니다. 호르몬 때문에 생긴 불균형 탓이다. 따라서 이 친구들 잘못이 아니다. 대신 호르몬을 미워하자. 호르몬을 혼내 주자. 그런데 사람 몸속에 있는 호르몬을 혼낼 방법이 없네. 방법이 없으니까 포기. 그럼 그냥 넘어가자. 아까 하지 않은 애교나 한번 부려 보자.

"니코니코니~"

아무리 그래도 결국 나도 사람이다. 인연을 넘어서 호

르몬 단계까지 왔는데도 가끔은 감정을 추스르기가 힘들어. 짜증과 좌절이 명징하게 직조해 낸 분노 위에 내가 아까부터 서 있는 것을 발견할 때가 있어. 이럴 때는 정말 마지막 남은 방법이 하나 있지. 여기까지 온 적은 별로 없지만 이 방법이 실패했던 적은 단 한 번도 없어. 그야말로 최종 병기인 이 방법은 바로 '돈'을 생각하는 거야.

돈? 그게 무슨 소리냐고? 강연비를 생각하는 거냐고? 아니야, 내가 짜증을 내건 화를 내건 어차피 강연료는 다음 달 말일에 세금을 떼고 통장으로 들어와. 내가 말하는 돈은 강연비가 아니라 너희를 지칭하는 거야.

나는 콘텐츠 생산자야. 내가 만드는 콘텐츠는 방송, 강연, 책이 있고 넓게 보면 프로레슬링 시합도 들어가겠지. 내 콘텐츠를 보고 읽고 듣는 사람들이 바로 소비자야. 즉, 나는 내 강연을 듣고 있는 강연 소비자를 만난 것이고, 이 기회를 잘 활용해서 호감을 얻는다면 추후 내가 판매할 다른 콘텐츠도 구매할 확률이 커지는 거야.

어느 날 서점에 갔는데 김남훈 신간이 매대에 올라와 있다고 가정해 보자. 만약 내가 강연에서 성질내고 짜증을 냈다면 "이 아저씨 그때 그 진상 아냐?"라며 그냥 지나치겠지. 그런데 그 반대라면 어떨까. 텔레비전 채널을 돌리다가 "어? 나 저 아저씨 아는데"라면서 한 번이라도 더 들여다보지 않을까. 친구 따라 프로레슬링 경기장을 갔는데 내가 체어샷(의자로 상대를 내리치는 반칙 기술)을 쓰는 걸 보며 환호를 보내는 유일한 관객이 되지 않을까.

난 대기업 정규직도 아니고 정년이 보장된 공무원도 아니야. 내 미래를 결정하는 것은 내가 만든 콘텐츠를 구매하는 '고객'이지. 강연으로 그 고객과 첫 만남을 가진 거야. 그런데 화를 낸다고? 그럼 장사할 생각 말아야지.

난 이 3단계 자존감 방어 전략을 통해 강연장에서 화를 안 냈던 거야. 사람은 자존감이 무너지면 그걸 수습하기 위한 방어기제로 여기저기 감정을 난사하기 마련이거든. 그런데 이 3단계 비책 이전에 아주 근원적인 이유가 있어. 그것 때문에 너희에게 화를 내지 않는 거야. 그건 바로 내가 '어른'이라는 사실이지.

어른에겐 의무가 있어.

좀 더 나은 사회를 다음 세대에게 물려줄 의무가 있어.

인간이란 생명체가 지구에서 두 발로 걷기 시작한 이래로 그 의무를 지키고자 노력했기 때문에 여기까지 올 수 있었던 거야.

의무. 어른들이 조금이라도 더 나은 사회를 위해 노력하고 아이들이 더 나은 삶을 살 수 있게끔 하는 것. 그런데 지금 나와 같이 살고 있는 동시대의 어른들은 정말 그렇게 하고 있는 것일까. 분명 과거에 비해 경제적으로 성장을 이루었고, 정치도 민주적으로 발전했지만 그건 어디까지나 어른들끼리 떠드는 것일 뿐. 정말 너희도 잘 살고 있는 것일까. 이점에 있어서 정말로 자신이 없다.

뉴스를 봐라. 대체 어른들이 어떤 세상을 만들어 놨는지. 어떤 짓을 저지르고 있는지. 물론 내가 직접적으로 사회에 위해를 가한 적은 없지만 이 점에 있어선 연대책임을 져야 한다고 봐. 조금이라도 책임을 나누어 가지는 것. 그게 바로 어른의 자세지 않을까.

어른으로서 너희에게 부끄럽다. 그래서 쉽게 화를 못 내는 거야.

2장

진정한 프로가 되기까지

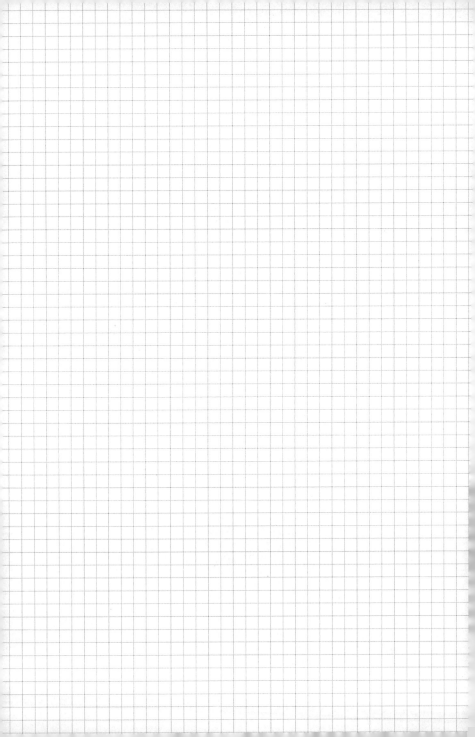

오늘도 신나게 두들겨 맞았다

아이패드 키보드를 두드릴 때마다 왼쪽 손목에서 삐걱거리는 소리가 나는 것 같아. 오른쪽 턱은 잘 벌어지지가 않아서 주문한 차이 티 라테가 미지근해질 때까지 제대로 마시지도 못하고 있어. 마치 영화 〈오즈의 마법사〉에 나오는 양철 로봇이 된 것 같네.

왜냐하면 스파링에서 아주 죽도록 맞았거든. 왜 맞았는지는 차차 설명하고 일단 스파링의 사회학에 대해서 이야기해 볼까. 글러브 끼고 주먹 휘두르는 데 무슨 사회학이냐고? 일단 내 이야기 좀 들어 봐.

체육관마다 다르겠지만 서서 겨루는 입식 격투기의 훈

련은 일반적으로 체력 훈련, 기술 연습, 미트 치기, 스파링 이렇게 크게 네 가지로 나눌 수 있어. 체력 훈련은 경기 내내 움직일 수 있는 체력을 기르는 것이고, 기술 연습은 잽, 스트레이트, 하이킥 같은 기술들을 코치 또는 파트너와 함께 하는 거지. 미트 치기는 말 그대로 미트를 치면서 타격 감각을 키우고 자세를 교정하는 거야.

훈련 중에서 가장 격렬한 걸 고르자면 역시 스파링이지. 스파링은 우리말로 하면 연습 게임 정도로 번역할 수 있어. 스파링 전에는 코치가 항상 이런 말을 해.

"로우킥은 70퍼센트, 복부는 50퍼센트, 얼굴은 아주 약하게. 무조건 안 다치게 해야 돼요."

그런데 그게 되나. 주먹을 던지고 카운터로 로우킥을 맞고 그러다 보면 흥분해서 몸에 힘이 들어가곤 해. 여기서 일종의 사회학이 발동해.

자, 신입 회원이 들어왔어. 이 친구가 운동신경이 좋고 센스도 좋아서 처음 스파링할 때 힘을 빼고 툭툭 가볍게 해내면 상대방도 같이 맞춰 주지. 그런데 나처럼 나이가 많고 몸이 딱딱한 사람은 체력이 빠지다 보니, 의도하지 않더라도 몸에 과하게 힘이 들어가고 쓸데없이 큰 스윙으로 주먹을 날릴 때도 있어. 자칫 잘못 맞으면 다칠 수도 있지.

노련한 분들은 이때 한 번 주의를 주고 그래도 고쳐지지 않으면 공격 수준을 살짝 높여. 여기서 높인다는 건 세게 친다는 게 아니라 여러 콤비네이션을 섞으면서 얼굴 정면, 옆얼굴, 복부, 옆구리 등에 정신없이 잔 펀치를 꽂는 거지.

벽 쪽으로 쭉 몰렸다가 다시 중앙으로 돌아오면서 정신이 번쩍 드는 거야. '아 또 몸에 힘이 들어갔구나.' 스파링할 때 힘을 빼고 상대방이 다치지 않도록 하는 것에 중점을 두어야 한다는 룰을 깨면 누군가가 나를 제재해. 그때 잘못을 깨닫고 다시 그 룰을 지키려고 하는 거지.

체육관 다닌 지 반년 정도 지나니까 나도 새로 들어온 신입이 오버를 하면 "힘 좀 빼고 합시다"라고 이야기해. 그럼 거의 100퍼센트 "죄송합니다", "알겠습니다" 하고 스파링을 하지. 우린 싸우러 온 게 아니라 운동하러 온 거니까. 그 대전제를 서로 지키려는 거야. 주먹질을 하는 와

중에도 그걸 깨닫는 거지.

자, 그럼 왜 두들겨 맞았는지 알려 줄게. 일단 일진이 안 좋았다. 즉 재수가 없었다는 거지. 첫 번째 스파링 상대는 중국에서 온 10대 유학생이야. 이 친구는 무조건 힘으로 밀어붙이는 스타일이지. 특이하게 얼굴을 맞아도 꿈쩍도 안 해. 아마 일부러 버티는 거 같은데 계속 밀고 들어오니까 살짝 질릴 정도야. 이 친구랑 스파링하면서 진이 다 빠졌는데 이날따라 파트너가 완전 다국적군이더라고.

그다음으로 복싱 실력이 아주 뛰어난 우즈베키스탄 출신이랑 스파링을 했어. 이 친구의 펀치를 신경 쓰다가 오른발 하이킥을 맞았고, 또 후속타를 경계하다가 왼손 훅을 맞았지. 정말 얼얼하더군. 그런데 이걸로 끝이 아냐.

그다음으로 우리 체육관 일반부 최고참과 붙었는데 이분은 젊을 때 선수를 한 거 같더라고. 그래도 이분은 날 좀 봐주면서 서로 힘 조절을 했어. 앞서 두 사람한테 흠씬 맞아서 기운이 없는 상태에서도 꾸역꾸역 끝냈지.

여기서 그만뒀으면 별 일 없었을 거야. 150킬로그램 정도 되는 서양인 레슬러가 온몸을 자근자근 밟고 간 것처럼 아팠어도(비유가 아니라 실제 경험담이야) 버틸 만했거든. 그런데 운동하는 내내 맞은 게 살짝 꼭지가 돌아서 정해진 시간이 다 지났는데도 한 번 더 하려고 상대를 찾았지. 그러다 한두 달 전부터 체육관에 다니기 시작한 회원과 스파링을 하게 됐어. 나보다 몇 체급은 아래인 듯 체구가 훨씬 작은 회원이었는데 그래서 내가 좀 얕잡아 봤나 봐.

그런데 막상 해 보니까 기본기가 탄탄해서 여간해선 맞힐 수가 없더라고. 나보다 훨씬 빠른 데다 난 이미 체력이 거의 소진된 상태다 보니 계속 화가 나더라고. 난 계속 맞는데 상대방을 못 맞히겠는 거야. 이날 내내 맞은 생각을 하니까 어깨에 힘이 들어가서 동작이 크게 나오고, 동작이 크게 나오니 상대방은 피하고 카운터로 나를 치고. 이런 악순환이 1분 넘게 지속됐어.

그러자 더 화가 나서 주먹이든 발차기든 힘을 엄청 넣은 거야. 몸이 너무 뻣뻣해져서 제대로 맞히지는 못했지만 그런 기세 때문에 상대방이 움찔하기는 했지. 다 끝나고 나서 "힘이 좀 많이 들어간 거 같아요"라는 말을 들었는데 샤워하고 집에 올 때 창피하더라. 정말 창피했어. 왜 냐하면 내가 잘못한 게 느껴졌거든.

중국에서 온 유학생은 터프했지. 얼굴을 몇 대 쳤는데 도 꿈쩍도 않고 밀고 들어왔어. 특이하게 얼굴을 맞으면 서도 복부를 공격하는 스타일이었는데 실전이라면 그런 방법을 못 썼겠지. 얼굴에 크게 맞으면 바로 다운되니까. 그렇다고 반칙을 한 건 아니야. 뼈를 내주고 살을 취하겠 다는 전략을 이해하기 어려웠지만 스파링의 룰에서 벗어 난 건 없었어.

우즈베키스탄에서 온 친구도 마찬가지. 복싱 강국 중 앙아시아 출신이어서인지 기본기가 아주 탄탄했어. 원투 를 섞다가 기습적인 하이킥으로 내 턱을 돌려놨지. 그래 서 잘못한 게 있나? 아무것도 없지. 우리 체육관 최고참 아저씨는 어떻고? 힘 빼고 툭툭 치면서 가장 부드럽게, 코너에 몰린 사람을 배려하면서 스파링을 리드했어. 난 끌려다니기만 했지만 말이야.

정규 시간이 끝나고 내가 청해서 이루어졌던 마지막 상대도 마찬가지야. 잘못한 거 하나도 없어. 그런데 내심

나보다 약할 거라고 생각하고 앞서 세 게임에서 모두 졌던 분풀이를 이 친구에게 하려고 했던 거야. 의도는 불량했고 결과도 좋지 않았어.

서로의 경기력을 점검하면서 단점을 보완하고 장점을 연마하는 본래 목적이 아니라 '화풀이'를 엉뚱한 데다 하고 싶었던 거야. 수평 폭력이라고 하지. 자기가 받은 고통을 바로 옆에 있는 자신보다 약해 보이는 쪽에 풀면서 감정을 배설하는 거야.

2014년이었을 거야. 세월호 유가족들이 진상규명을 요구하며 광화문 광장에서 단식 농성을 하고 있을 때 나도 동조 지지 단식을 한 적이 있어. 그때 무슨 부대라는 한 무리의 사람들이 나타나서 우리에게 엄청난 욕설을 해 댔어. 어떤 사람은 술 냄새를 풀풀 풍기면서 내 멱살까지 잡더라고.

너무 화가 나고 억울해서 스마트폰으로 당시 상황을 녹음하기도 했지. 나중에 알게 됐는데 일부러 술을 마시거나 몸에 술을 뿌려서 행패를 부린다더라. '주취 소란'이면 경범죄로 아주 미약한 처벌만 받는다나 뭐라나.

이들은 세월호 유가족들이 요구하지도 않은 의사자 지정, 특례 입학, 보상금 지급을 반대한다며 왜 이런 특혜를 받으려 하냐고 유가족들을 모욕했어. 나한테는 빨갱이냐, 북한에서 왔냐며 고래고래 소리 지르더라고. 순간 이성의 끈이 끊어질 뻔했지만 초인적인 인내로 참았지. 왜냐하면 세월호 유가족들에게 피해가 갈 수 있으니까.

이렇게 담담히 말하지만 정말 어려운 순간이었어. 침을 튀며 삿대질을 하는데 한 대 칠까, 뒤로 돌아가서 허리를 붙잡고 백드롭으로 던져 버릴까 머릿속으로 1초에 100번이나 생각했지만, 만약 그런 행동을 한다면 어떤 일이 벌어질지 불 보듯 뻔했거든.

그리고 난 이미 이 사람들을 알고 있었어. 몇 년 전, 다큐멘터리 프로그램을 통해 '극우 단체'와 교류하는 특별 기획이 있었거든. 몇 달 동안 찍었지. 다 그렇지는 않지만 대략적인 공통점이 노화에 대한 두려움, 자기 삶에 대한 의욕 저하, 가족 구성원으로부터의 소외, 경제적 어려움 등 고민이 많은 사람이 대부분이었어. 그런 고민들은 누구나 한두 가지씩 있기 마련이야.

그런데 이런 사람들에게 짠 하고 나타나 구세주 행세를 하면서 '모든 잘못이 빨갱이들에게 있다'라고 주입하고 선동하는 이들이 있어. 그들은 이 불쌍한 사람들을 이리저리 끌고 다니면서 각종 패악질을 저지르지. 그 사람들은 자기 어려움에 대한 문제를 자신에게서 찾지 않고 더 약한 사람, 더 어려운 사람에게 화풀이하는 형태로 배설하는 거야. 참 머릿속이 복잡했다.

물론 내가 한 행동의 도덕적 무게가 저 사람들이 했던 패악질과 비슷하거나 같지는 않지. 다만 그 작동 구조는 동일했던 거야. '나보다 약한 사람을 때리자. 그렇게 분풀이를 하자'라고.

"어, 왔어요? 어제 제가 몸에 힘이 많이 들어갔죠? 미안해요. 내가 어제 잘못했네. 실수했어요."

다음 날 체육관에서 운동이 끝날 때쯤 마지막 상대를 찾아가 이렇게 사과를 했지. 그리고 웃으며 하이 파이브. 이렇게 잘못을 깨닫고 인정하는 일을 반복할수록 아마 나는 조금 더 나은 사람, 쓸모 있는 사람이 될 수 있지 않을까라는 묘한 기대감.

내 글에 명언이나 격언을 넣는 거 별로 안 좋아하는데 마침 눈에 들어온 게 있어서 그 말로 마무리할까 해.

누구나 화를 낼 수 있다. 그건 쉬운 일이다. 어려운 건 그럴 만한 대상에게, 알맞은 시기에, 적절한 이유로, 적당히 화를 내는 것이다.

— 아리스토텔레스

업그레이드를 잊지 마

2년에 한 번씩 가을이 되면 스마트폰 덕후들은 마음이 설레기 시작해. 왜냐하면 애플과 삼성이 앞서거니 뒤서 거니 하면서 신제품을 내놓기 때문이지. 일단 두 회사가 포문을 열면 전후로 다른 회사들이 이런저런 제품을 발표하기 시작해.

몇 년 전부터 아주 눈에 띄는 혁신이 보이진 않더라고. 예전처럼 미국 시간에 맞춰 밤을 새면서까지 유튜브로 발표회를 보지는 않지만 아무튼 어떤 제품이 나올까 기다리는 것만큼 설레는 일도 따로 없어.

스마트폰이 나오면서 약 200개의 전자제품이 사라졌다

고 하지. 매번 새로운 스마트폰이 나올 때마다 더 빨라진 처리 속도, 더 좋아진 카메라 화질, 더 길어진 배터리 사용 시간 등 여러 성능이 업그레이드가 돼. 물론 그러면서 가격도 살짝살짝 올라가곤 하지만.

난 이 '업그레이드'를 한시도 잊지 않으려고 해. 그게 정말 프로의 영역에 있는 사람에게 필요한 덕목이라고 보거든. 난 여러 가지 일을 해. 너희가 이 책을 통해서 나를 알게 된 것처럼 작가이기도 하고, 방송국에서 격투기와 프로레슬링 해설을 하기도 하고, 시사 프로그램 팟캐스트를 진행하기도 하지.

때로는 직접 링 위에서 시합을 뛰기도 하고, 강연장에서 동기부여에 대해 말하기도 해. 고될 때도 있지만 하고 싶은 일을 하면서 품위를 유지하는 데 필요한 비용을 벌고 약간이나마 저축도 할 수 있는 건 계속 업그레이드를 해 왔기 때문이야.

내가 프로레슬링에 입문했을 때 스물여덟 살이었어. 덩치는 컸지만 운동신경은 떨어졌고, 동기들처럼 유소년 때부터 운동을 한 것도 아니었지. 훈련을 할 때도 선배들의 기술 시험용 상대가 되기 일쑤였어. 어떻게 해서 데뷔까지 했는데 주로 외국인 선수들의 내한 시합 상대가 됐지.

일본어로 '벤리야'라는 말이 있어. '벤리'는 편리의 일본어 발음이고 '야'는 가게 또는 무엇을 하는 사람이라는 뜻인데, 주로 심부름센터나 그 직원이라는 의미로 쓰이지. 프로레슬링 업계에서는 시합을 잘 만들어 주고 관객을 재밌게 해 주는 사람을 그렇게 불러. 살짝 낮춰 부르는 느낌도 있어.

일본어를 잘하고 영어도 곧 잘하는 나였기에 외국인 선수들이 한국에 왔을 때 공항에서 픽업하고, 숙소까지 데려다주고, 시합까지 맞추는 그런 '벤리야' 역을 주로 했지. 그러면서 외국인 선수들이 어떻게 시합하는지, 어떤 준비를 하는지 유심히 살펴봤어.

특히 WWF(세계적인 프로레슬링 단체인 WWE의 전신)에서 활동했던 일본의 타지리 선수는 경기뿐만 아니라 관객과 어떻게 커뮤니케이션해야 할지 그런 부분에 굉장히 신경을 많이 쓰더라고.

이 부분은 정말 신선했어. 나를 포함해 대부분의 선수

들은 링 위에서 치고 차고 던지는 것에 집중했지 그 외의
것에는 대체로 무관심하거나 무지했거든. 하지만 역시
미국 무대라는 큰물을 경험한 선수는 다르더라.

경기 시작 전에 등장할 때 동선이나 시선 처리를 어떻
게 해야 할지, 퇴장 때 어떻게 움직여야 할지까지도 모
두 파악했지. 경기 중에는 관객들을 살짝살짝 자극하기
도 했어. 마니아들은 일찍 와서 링 사이드에 자리를 잡는
데, 대개 티셔츠나 피켓으로 자신이 열혈 팬임을 나타내
고 있지. 그래서 그쪽으로 상대 선수를 던져 난투극을 만
드는 거야. 그러면 당연히 열혈 팬들은 엄청난 반응을 하
고 이를 경기장 전체로 유도하는 거지.

그걸 보고 나도 내 캐릭터를 만들었어. 악당이지만 액
션뿐만 아니라 마이크 어필로 관객을 자극하며 이를 경
기로 연결시키는 것 말이야. 헤어스타일도 눈에 확 띄게
모히칸으로 바꾸었지.

그러자 놀라운 일이 일어났어. 나의 그런 모습을 본 타
지리 선수가 날 일본의 신생 프로레슬링 단체인 스매시
에 참전을 제의한 거야. 내가 그를 보며 많은 것을 배우고

있었는데 그런 나의 변화, 즉 업그레이드되는 모습을 보며 일본 무대에 잘 적응할 거라고 생각했나 봐.

난 일본에서 난뿐 키무난뿐(몇 분인지 물어보는 '난뿐'과 김남훈의 일본식 발음 '키무난뿐'을 조합해 만든 말장난)이라는 자작 유행어와 함께 한류 드라마 미남 캐릭터를 패러디한 스타일로 성공적으로 안착했어. 이후 일본 DDT라는 단체에서 챔피언을 하기도 했지. 아마 우리나라에서 프로레슬러로 한국과 일본 양 단체에서 챔피언을 거머쥔 것은 열 손가락 안에 드는 일일 거야.

프로레슬링이라는 힘과 유혈의 판타지, 그 속에서 각각의 레슬러는 이미 링 위에 올라간 것만으로 기성품이야. 진열대에서 가장 좋은 제품이 맨 위에 놓이고 상품성이 떨어지는 순서대로 아래로 가잖아. 어떤 제품은 아예 손님들의 손길을 한 번도 받지 못한 채 창고로 직행하지. 나도 처음엔 가장 아래에 있는 그저 그런 제품이었지만 계속 업그레이드를 하다 보니 챔피언벨트까지 허리에 감을 수 있었어.

스스로를 대중들 앞에서 소개할 때 나는 '육체파 창조

형 지식노동자'라고 해. 몸으로 먹고살고, 머리로 먹고살고, 입으로 먹고살기 때문이지. 입으로 먹고사는 걸로 치자면 방송인인데 라디오방송에서 진행을 한 적도 잠깐 있고, 시사 프로그램에서 엠시를 맡기도 했지.

난 대본을 받으면 대개 열 번 이상 읽어. 대본은 프로듀서와 작가들이 만든 방송 프로그램에 대한 설계도야. 그 설계도를 보고 패널들과 함께 건물을 지어 올리는 거지. 대본을 잘 이해하지 못하면 설계도대로 건물이 나올 수가 없어. 그래서 대본을 읽고 또 읽어. 여기서 내가 이런 멘트를 하면 좋겠다 싶은 것을 미리 찾아서 적어 놓지. 해당 주제에 관한 역사적인 기록들, 통계, 유명인의 발언, 관련된 사건 등을 찾아서 적는 거야.

이런 작업을 몇 번 하다 보면 프린터로 인쇄한 대본이 검정, 빨강, 파랑 볼펜과 포스트잇으로 덮이지. 왜 그런 거 있잖아. 시험장에 들어갈 때 새까만 연습장을 보면 괜히 안심이 되는 거. 마찬가지로 이런 대본을 들고 스튜디오로 들어가면 마음이 안정돼. 머릿속으로 준비한 게 손에 잡히는 자료로도 있으니 마음을 놓을 수 있거든.

패널들에 대해서 미리 알아보는 것도 빼 놓지 않아. 물론 패널에게 질문해야 할 것들이 대본에 적혀 있지. 그런데 패널들은 방송을 통해서 하고 싶은 말이 있거든. 대부분 대본에 적혀 있지 않은 무언가가 있어. 교수라면 최근 논문, 시민 단체라면 최근 활동, 작가라면 최근 작품 등 본인을 자랑할 수 있는 것들 말이야. 이런 내용을 슬쩍 끼워서 물어보면 당연히 더 열성적으로 반응하면서 술술 이야기를 하지.

결정적으로 나는 절대 지각을 안 해. 라디오는 최소 30분 전, 텔레비전은 메이크업이 있다면 한 시간 전에 스튜디오에 도착해서 기다려. 지금까지 방송에 지각해 본 적이 20년간 딱 한 번 밖에 없어. 그 한 번이 뭔지는 차차 알려 줄게. 한 번에 다 알려 주면 재미없으니까.

왜 이렇게 하는 줄 알아? 그건 내가 엠시이고 그에 걸맞은 출연료를 받기 때문이야. 내가 연예인이나 셀럽도 아니고, 담당한 프로그램이 시사 교양 프로그램이기에 아주 큰 출연료를 받진 않아. 하지만 현장에서 단위 시간으로 계산하면 꽤 큰 금액이거든. 그 돈만큼의 값을 해야 해.

방송국이 시설과 자본을 투자하고, 프로듀서가 기획을 짜고, 작가가 대본을 쓰고, 카메라 감독이 초점을 맞추고, 조명 기사가 최적의 촬영 환경을 만들어. 운전기사는 패널들을 스튜디오에서 현장까지 데려다주지. 패널들은 자기 시간을 쪼개서 여기까지 온 것이고.

녹화 시간만큼은 엠시인 내가 사장이고 선장이며 파일럿이고 감독이야. 최선을 다해 기준치 이상의 퀄리티를 만들지 못하면 이 모든 사람의 노력이 수포가 된다고.

내가 처음부터 이랬나? 아니었어. 처음에는 수동적으로 적혀 있는 대로 읽으며 약간의 말재주와 임기응변으로 시간을 때우는 사람이었지. 조금씩이나마 업그레이드를 하면서 내 영역을 넓히고 그 수준을 높여 갔던 거야.

강연도 마찬가지야. 강연을 하러 갈 때 난 USB만 들고 가는 걸 좋아하지 않아. 최신 기술을 개발하는 기업, 엄중한 보안이 필요한 군부대나 정보기관 강연 같은 경우는 어쩔 수 없이 USB에 담아 가거나 미리 파일을 보내지만 거의 대부분 노트북을 들고 가는 것을 선호해. 그러다 보니 각종 케이블에 어댑터에 가방이 무거워지지.

내가 노트북을 챙겨 다니는 이유가 있어. 강연 파일을 업그레이드할 수 있기 때문이야. 강연장으로 가는 기차 안 또는 강연장에 도착해서 대기하는 30여 분의 시간. 이때를 활용하는 거야. 프레젠테이션 초반에 해당 지역의 명물이나 지역 출신 유명인 사진을 넣어서 친근감을 유도하거나 강연 중 사례로 적용할 만한 최신 뉴스를 검색하는 거지.

많이 바꾸는 건 아니지만 이미지 몇 장, 효과 한두 개, 영상 한 개 정도만 바꾸어도 아주 훌륭하게 맞춤 제작된 강연 파일이 나오기 마련이지. 그럼 더 밝고 긍정적인 분위기에서 강연이 흘러가는 거야. 나야 당연히 좋고 청중들도 좋고. 1.5킬로그램짜리 노트북 까짓것 매일 들고 가는 거지 뭐.

프로의 영역에서 생존한다는 것은 개인 상점 같은 거야. 학력, 지위, 재산 등 모든 게 우월한 이들과 싸우는 거야. 대형마트와 싸우고 프랜차이즈와 싸우고 천원마트와 싸운다. 이 거리에서 생존하기 위해선 업그레이드가 필수야.

오래된 스마트폰은 동영상 플레이어이나 계산기 또는 손전등으로라도 쓸 수 있지만 '업그레이드를 못한 프로'는 아무짝에도 쓸데가 없단다. 어떤 분야에서 '프로'라는 말을 듣고 싶다면 이 말을 명심해. 굿 럭.

핸들의 중요성

—앞으로 어떻게 살아갈지, 미래가 어떻게 될지 궁금하고 걱정됐는데 강연 덕분에 희망을 찾은 것 같습니다. 저도 다른 사람에게 따뜻한 이야기를 할 수 있는 사람이 되고 싶습니다.

몇 년 전, 제주도에서 강연을 마치고 돌아가는 길에 이런 문자를 받았어. 강연을 주선해 주신 선생님이 초청 강연에서 이런 반응은 처음이라며, 한 학생의 강연 후기를 문자로 보낸 거야. 아직도 그 문자를 지우지 않고 간직하고 있지.

사실 그날 정말 고생했어. 며칠 동안 눈도 많이 내리고 날씨가 안 좋았거든. 혹시나 비행기가 연착할까 봐 전날에 미리 제주도로 갔어. 그래도 늦을까 싶어 강연 당일 아침에 렌터카까지 준비했는데 예상치 못한 일로 모든 게 수포로 돌아갔지.

그날 강연은 어느 큰 회사가 주관하는 행사였어. 유명 연예인도 출연하기로 되어 있었는데 그분의 일정 때문에 갑자기 내 강연이 뒤로 밀린 거야. 결국 처음 준비한 강연의 절반 이상을 잘라 내야 했어.

전날에 제주도로 와서 준비도 철저히 하고, 강연 시작 몇 시간 전에 행사장에 도착했는데 이런 일이 일어난 거야. 제주도에 간 김에 여기저기 돌아다니며 맛난 것도 먹고, 구경도 실컷 하려 했는데 완전 기분이 상해서 멍하니 공항에서 시간만 보내다가 왔어.

전체 행사 일정 때문에 차포를 떼고 급작스럽게 편집된 강연이지만, 거기서 내가 말하고자 하는 걸 귀신같이 알아채고 저렇게 후기까지 보내 준 친구가 있다는 게 너무 고마웠어. 내 잘못은 아니지만 어쨌든 학생들 앞에서 강연을 한 사람은 나였으니까. '판매자' 입장에서 '손님'

에게 정말 미안했거든.

그런데 이 사건이 마냥 억울하지만은 않았어. 이를 계기로 내가 앞으로 어떻게 살아가야 할지 개념을 정립할 수가 있었거든. 그 개념은 바로 '엔진'과 '핸들'이야.

모터사이클, 자동차, 기차, 비행기, 선박 등 땅 위를 달리고, 물을 휘젓고, 하늘을 나는 쇳덩어리들은 모두 엔진을 필요로 해. 엔진은 동력이지. 기름이든 전기든 어떤 에너지원을 이용해서 구동축을 움직이면 거기에 연계된 바퀴, 스크루, 프로펠러가 움직이잖아. 사람도 마찬가지야. 돈, 인기 이런 것들이 사람에겐 엔진 같은 거야. 더 멀리 가기 위해서, 더 높이 날기 위해서, 더 빨리 가기 위해서 이런 것들이 필요하지.

그런데 엔진만 있으면 될까? 방향 전환이 되지 않으면 그건 움직이는 폭탄이지 교통수단이 아니잖아. 그래서 '핸들'이 필요한 거야. 핸들은 이 쇳덩어리를 어디로 보내야 할지 조정해. 이 거대한 쇳덩어리가 다른 차와 부딪치지 않게 해 주고, 다른 선박에게 항로를 양보하며, 폭풍우를 피해 안전한 경로로 날아가게끔 해 주는 거야.

내가 제주도로 간 건 '엔진'에 필요한 돈을 벌려는 이유였지. 그건 자본주의 사회에서 매우 합리적인 결정이었어. 악천후 때문에 늦을까 봐 하루 일찍 도착하고, 렌터카를 미리 수배해 둔 건 '핸들'이 날 그렇게 움직이게 한 거야. 학생들에게 좋은 강연을 하고 이를 통해 보람을 느끼고 싶었지.

이 둘은 서로 상호 보완하는 개념이야. 엔진이 없는 핸들, 핸들이 없는 엔진. 둘 다 쓸모가 없잖아. 이런 걸 생각하니 그 연예인에 대해서도 마음이 좀 달라지더라. 아마 그분에게 피치 못할 사정이 있었던 건 아닐까. 방송에서 그의 말과 행동을 보면 공부도 많이 하고, 사람들에게 친절한 것 같은데 일부러 핸들을 틀어서 접촉 사고를 일으킨 것 같지는 않고. 혹시 소속사에서 일정을 무리하게 짜다 보니 그렇게 된 게 아닐까. 이런 생각을 하게 되더라고.

너희도 한번 떠올려 봐. 내 몸속에 있는 엔진은 어떤 에너지원을 필요로 하는지, 핸들은 어떤 방향으로 움직이는지 말이야. 아마 살면서 계속 이 두 가지를 생각해야 할 거야.

한번은 이런 일도 있었어. 황사와 미세먼지가 없는 어느 귀한 봄날이었지. 업무가 끝나면 외곽에 있는 분위기 좋은 카페로 가서 원고 작업을 하며 시간을 보낼까. 아니면 체육관으로 가서 후배들과 함께 곧 있을 프로레슬링 대회를 준비할까. 이런 행복한 고민을 하며 엘리베이터를 탔어.

이번 대회는 오랜만에 텔레비전 중계도 한다니까 경기복을 새로 바꿔 볼까, 시합 중에 반칙을 좀 더 세게 해 볼까 등 이런저런 생각을 하다가 관리 사무소에서 부착한 게시물이 눈에 들어오더라고. 원래는 거의 읽지 않고 넘기는데 그날따라 A4 용지에 바탕체로 인쇄된 게시물을 쓱 훑어봤어.

어, 그런데 이게 뭐지? 최저임금이 올라서 경비원들의 급여가 인상될 예정인데, 세대당 관리비가 오를 수 있어서 무인화 시스템을 도입하겠다는 거야. 와, 정말 입에서 제대로 욕이 나올 뻔했어. 무인화 시스템이 뭘 의미하겠어? 경비원들을 모두 해고하거나 최소 인력만 남기고 정리하겠다는 거잖아. 나와 아침마다 웃으며 인사하는 경비원 분들이 한순간에 직업을 잃을 수 있다는 거지.

엘리베이터에서 내리는 것도 잊고 게시물을 자세히 읽었어. 경비원 수를 그대로 유지했을 때 관리비가 얼마나 오르나 봤더니 4000원이었어. 세대당 한 달에 4000원, 1년에 4만 8000원이 오르니 경비원을 해고하고 CCTV를 도입하겠다는 거야.

그날 저녁, 침대에 누워 있는데 머릿속이 마치 에어프라이어가 200도로 가열된 상태로 계속 돌고 있는 것 같더라. 그래, 4000원. 달마다 계속 내야 할 돈이라면 큰돈이지. 그런데 4000원 때문에 누군가의 직업을 빼앗는다? 이건 너무하다는 생각이 들었어.

며칠 후 새로운 게시물이 붙었는데 더 가관이네. 이 사태를 투표로 결정하겠다며 "경비원 해고 찬반 여부를 투표용지에 표시하여 경비실에 있는 종이 박스에 넣어 둘 것" 이렇게 적혀 있는 거야.

세상에나. 본인들의 생존 여부가 달려 있는 투표용지가 박카스 상자보다 더 작은 상자 안으로 들어가는 모습을 눈앞에서 마주할 그분들을 생각하니 더욱 마음이 착

잡했지. 며칠 전부터 머릿속에서 돌아가던 에어프라이어가 펑 하고 터져 버릴 것 같았어. 분명 이 게시물을 올린 분이나 이런 결정을 내린 분에게도 고민이 있었겠지. CCTV의 범죄 예방 효과, 인건비 상승 등.

하지만 CCTV는 아이들을 향해 돌진하는 자동차에게 "멈춰!"라고 소리치지도 못하고, 피곤에 절어 퇴근하는 사람들에게 "이제 오세요? 고생 많으셨어요"라고 인사를 건네지도 못해.

이때 '핸들'이 움직였어. 주머니에서 4000원을 꺼냈지. 경비원 해고에 반대하는 대자보를 만들어서 4000원과 함께 엘리베이터에 붙였어. 이 정도는 우리가 감수해야 하는 게 아니냐고 호소했고, 다행히도 많은 분이 동감을 해 주었지. 결국 경비원 해고는 압도적으로 부결됐어. 이 일이 SNS에 엄청나게 퍼지면서 뜻하지 않게 여러 신문과 방송에서 인터뷰를 하기도 했어.

이런 일에 목소리를 낸다는 건 엔진 입장에서는 연료에 불순물이 들어가는 거야. 돈 버는 일에 전혀 도움이 되지 않을뿐더러, 좋게 끝나서 망정이지 다른 불편함이 생길 수도 있는 사건이었어.

엔진만 생각한다면 연료필터가 불순물을 걸러 내는 것처럼 이런 일은 당연히 걸러 내야지. 못 본 척하며 눈 감고 지나가고. 하지만 핸들이 방향을 튼 거야. 돈 때문에 누군가를 치고 지나가진 말자고.

너희는 어떤 직업을 생각하고 있어? 어떤 미래를 생각하고 있어? 당연히 빵빵한 고배기량 고출력 엔진을 꿈꾸겠지. 그런데 핸들도 한번 생각해 봐. 어떻게 해야 보람을 느낄 수 있는지 말이야. 엔진이 뿜어내는 힘에 심취하다 보면 너무나 쉽게 악당이 될 수 있는 세상이거든.

세상에 나쁜 덕질은 없다

만물의 영장인 인간이 다른 생명체와 뚜렷하게 구별되는 점이 뭐가 있을까? 난 스스로를 즐겁게 하는 행위, 즉 취미라고 봐. 남이 시켜서 하거나 돈이나 생존을 위한 이유가 아니며, 자신만의 세계를 구축해 그 안에서 즐거움을 찾는 것. 지구에서 호흡하는 생명체 중 인간만이 하는 유일한 행동이야. 거칠게 말하자면 취미가 없는 사람은 다른 동물과 진배없는 것이지.

취미는 그 자체로 개인을 위한 유희로 작동하기도 하고, 협업을 통해 더 고차원적인 예술 작품으로 발전하기도 해. 그리고 생애 내내 그 사람의 인생이 상하지 않도록 유지하는 방부제 역할도 한단다. 그래서 세상 모든 사람이, 특히 너희 모두 취미를 가졌으면 해. 때로는 화장지가 물에 흠뻑 젖듯이 삶 자체가 온통 덕질로 도배되는 시기도 한두 번쯤은 있어야 된다고 봐.

내 취미로는 모터사이클, 격투기, 프로레슬링을 손꼽을 수 있어. 동서고금을 막론하고 엄마가 싫어하는 덕질이라고 할 수 있지. 그런데 내가 했던 덕질 중에는 부모님이 좋아한 것도 있어. 바로 '컴퓨터'야.

1980년대 초에 전 세계적으로 컴퓨터 붐이 일었거든. 특히 스티브 잡스가 만든 8비트 애플 컴퓨터가 미국에서 크게 히트를 쳤지. 우리나라에도 그 열풍이 밀어닥쳤어. 정식 수입품도 라이선스계약도 아닌 불법복제한 컴퓨터들이 세운 상가에서 날개 돋친 듯이 팔렸어. 전국 곳곳에 컴퓨터 학원이 생기기도 했지.

저 당시 학원 다니는 패턴이 어땠냐 하면 다들 국민학교 저학년 때는 주산 학원에 다니다가 고학년 때 컴퓨터 학원에 등록했어. 학원에서는 컴퓨터 전원을 켜고, 플로피디스크에 프로그램을 저장하거나 불러내는 방법 등을 배웠어. 진도가 좀 나가면 베이식 같은 프로그래밍 언어로 구구단이나 간단한 퀴즈 프로그램을 만들기도 했고. 쉬는 시간엔 '카라테카'라는 흑백 게임을 했지. 지금 생각하면 정말 형편없는 그래픽과 사운드지만 그거 한 번 하겠다고 줄을 서서 기다리고는 했어. 난 이때부터 컴퓨터가 좋아졌어.

기계는 사람과 달리 적당하나 대충이 없잖아. 컴퓨터 본체와 모니터가 케이블로 정확히 연결되어 있어야만 모니터에 제대로 된 화면이 나오지. 아무것도 안 나오면 케이블을 다시 연결해 보고, 그래도 안 되면 본체를 열어서 그래픽카드가 제대로 꽂혀 있는지 하우징 볼트를 풀어서 뺐다가 다시 꽂아 보는 거야.

프로그래밍을 할 때는 키보드를 꾹꾹 눌러 문법에 맞게 명령어를 입력해야 하지. 하나라도 실수했다간 'syntax error'라는 메시지가 떠. 와, 지금 약간 소름 돋은 게 저 에러 메시지를 30년이 지났는데도 기억하고 있네. 아무튼 이런 엄정함, 정확함, 치밀함으로 작동하는 세계가 괜스레 마음에 들더라고.

그러다가 컴퓨터로 공부를 하겠다는 거짓말과 어린이날 찬스를 이용해서 대우 IQ 1000 컴퓨터를 집에 들이는 데 성공했지. 매달 나오는 컴퓨터 잡지에 실린 미니 게임을 해 보겠다고 깨알 같은 글씨로 열 페이지 넘게 인쇄된 코드를 키보드로 입력하다가 밤을 꼴딱 새우기도 했어. 어디선가 잘못 입력하는 바람에 뜬 에러 때문에 화딱지가 나서 소리를 지르기도 했고. 엄마가 컴퓨터를 다락에다 숨기기도 했어. 공부는 안 하고 그것만 들여다본다고. 뭐 뻔한 스토리 아니겠어?

이렇게 전자제품을 가지고 노는 걸 즐거워하던 나는 계속 관련된 책을 읽고, 동호회에 가입해 관심사가 같은 사람들을 만났지. 이런 것들이 하나씩 쌓이다 보니까 어느새 잡지사로부터 청탁을 받아서 리뷰를 쓰고 돈을 벌게 되더라고. 이른바 얼리어답터로 여기저기 인터뷰도 하고 방송에도 나가게 됐지. 라디오에서 신기한 전자제품을 소개하는 코너를 진행하기도 했어.

피처폰과 스마트폰 사이에 PDA라는 기기가 한때 인기를 끈 적이 있어. 그때는 아예 단행본을 내기도 했지.

『PDA 때려 잡기』. 내 생에 두 번째 책이야. 더 신기한 것도 있어. 내가 태어나서 처음 펴낸 책은 일본어 학습서인데 모터사이클을 좋아해서 일본어 공부를 한 게 계기였어. 얼리어답터와 일본어가 결합되어서 어떤 일이 일어났을까?

우리나라가 IT 분야에서 앞서 나가게 된 것은 김대중 정부 때 초고속 인터넷을 전국에 구축했기 때문이야. 당시 전 세계에서 우리나라를 취재하러 왔어. 옆 나라 일본에서도 자주 취재하러 왔는데, 어느 날 지인을 통해서 일본 잡지사의 국내 취재 통역 가이드를 하게 된 거야.

단순 통역뿐만 아니라 취재할 곳을 소개하고 연결하는 일까지 했어. 그러다 보니 자연스레 일본 기자랑 친해졌지. 나중에 이 기자가 잡지사 편집장이 됐는데 나에게 대뜸 칼럼을 써 보지 않겠냐고 하는 거야. 일본어를 좀 한다고는 하지만 외국어로 글을 쓰는 게 가능할까 고민이 됐어. 그래도 언제 이런 기회를 잡을까 싶어서 수락했지. 우리나라의 인터넷, IT 업계에서 일어나는 일들을 소개하는 정기 칼럼을 일본 월간지 『아스키』에 연재했어.

아, 그런데 앞서 말한 신기한 일이라는 건 일본 잡지에 칼럼을 연재했다는 게 아니야. 정말 신기한 건 지금부터야. 수십 년 전 부모님을 졸라서 할부로 샀던 대우 IQ 1000 컴퓨터. 이 컴퓨터의 운영체제가 'MSX'이었는데, 이건 미국의 마이크로소프트와 일본의 아스키라는 회사가 공동 개발한 거야.

칼럼을 연재한 곳이 월간『아스키』잖아. 꼬맹이 때 가지고 놀던 컴퓨터의 핵심 소프트웨어를 개발한 곳에 어른이 되어 칼럼을 연재하게 된 거라고. 이거 정말 찐으로 신기한 일 아니야?

이것뿐만이 아니야. 국민학생 김남훈이 좋아했던 취미는 책상다리로 앉은 상태에서는 컴퓨터를 가지고 노는 거였고, 온몸으로 뛰어다닐 때는 프로레슬링이었지. 결국 프로레슬링은 단순한 팬이자 관전자를 벗어나 직접 선수가 되어 시합까지 했어. 일본에서 온 선수와 프로모터의 통역도 했지. 이게 또 하나의 변곡점이 되어서 일본에 진출하게 돼. 그리고 일본 단체의 챔피언벨트까지 획득하지.

그러다가 나쁜 사람들을 직접 찾아가서 인터뷰하는(이라고 쓰고 잡으러 간다라고 읽지) 고발 프로그램의 진행자를 맡기도 했어. 이때 프로레슬링을 통해서 단련하고 배양한 피지컬과 배짱이 큰 힘을 발휘했단다. 그래서 시청자들이 정말 좋아했어. 시청률도 높았고.

이렇게 글로 쓰면 몇 줄 정도지만 이 사이사이에 얼마나 많은 일이 있었겠니? 그걸 눈치챈 방송사에서 강연을 해 보라는 제의가 들어왔지. 결국 〈세상을 바꾸는 시간 15분〉이라는 프로그램에서 강연자로 무대에 서게 돼. 이 일은 정말 역사적인 사건이야. 왜냐하면 내 경험을 통해 누군가에게 용기를 주는 일을 하게 되었으니까.

지금 말한 일들은 모두 취미와 덕질에서 시작된 거야. 프로레슬링 챔피언으로 링 위에서 포효하고, 정치 시사 방송에서 각 정당의 총선 공약에 대해 이야기하고, 모터사이클을 타고 동쪽으로 달리며 블루투스헤드셋으로 편집자와 다음 원고 일정을 논하고, 기업에서 보내 준 기사 딸린 차를 타고 강연장에 들어갔다가, 소년원에서 원생들 앞에 서서 다양한 경험을 이야기하지. 모두 취미 덕분에 생겨난 일들이야.

다른 사람의 행복, 자유, 인권을 침해하지 않고 자기 건강을 해치지 않는 것이라면 세상의 그 어떤 취미라도 다 옳다. 그 어떤 덕질이라도 옳다. 이 덕질은 인생이 정말 엿같이 흘러갈 때 삶의 온기를 지켜 주는 작지만 소중한 불씨 역할을 할 거야. 사람은 아무리 힘들고 어려워도 행복한 때의 기억 한 조각만으로도 희망을 찾을 수 있거든. 그 희망 때문에 자포자기라는 최악의 상황으로 빠져드는 것을 막아 준단다.

자, 그러니 이미 하고 있는 덕질이 있다면 더 가열차게 해 보고 아직 없다면 찾아보자고. 되도록이면 평생 동안 할 만한 덕질을.

소년이여, 부엌으로 가자

〈니모를 찾아서〉라는 애니메이션 알아? 아카데미 장편 애니메이션상 수상작으로 우리나라에서도 120만 명이 넘는 관객을 동원한 작품이지. 흰동가리 싱글 파더인 말린에게 니모라는 아들이 있는데, 어느 날 니모가 학교에 다녀오다가 산호초 숲을 벗어나 인간에게 잡히게 돼. 말린이 천신만고 끝에 니모를 구출한다는 게 영화의 주된 내용이야.

이 애니메이션은 처음부터 과학적 오류가 있어. 말린과 니모가 부자 관계라는 거야. 흰동가리는 암컷 한 마리, 수컷 한 마리 그리고 새끼 몇 마리가 가족을 이루며 살아

가. 만약 암컷이 죽으면 수컷이 암컷이 되고, 새끼 중 덩치가 큰 녀석이 수컷이 돼. 말린은 아빠가 아니라 엄마가 되고, 니모는 아빠가 되어 두 물고기는 부부의 연을 맺는 거지. 부자에서 부부로 역할이 쉽게 바뀌는 것은 흰동가리의 생존에 이런 변이가 유리하기 때문이야.

만약 사람이라면 어떨까? 생각하는 것만으로도 소름이 돋긴 하지. 과연 부인이 죽었다고 해서 스스로 부인이 될 남편이 있을까? 아마 없을 거야. 흰동가리와 달리 사람, 특히 '우리나라에 살고 있는 여자 사람'에게는 가사 노동이라는 시시포스의 형벌이 있기 때문이지.

청소, 설거지, 빨래, 취사, 육아까지. 집안에서 일어나는 모든 노동은 엄청 저평가된 고강도 노동이야. 가사 노동의 힘듦을 이해하지 못하는 사람들은 잘 정돈된 옷장, 과자 부스러기가 없는 소파, 별다른 냄새가 나지 않는 냉장고, 오줌 때가 없는 변기를 '일반적인 상태'로 기억해.

하지만 이런 상태는 치열한 노력의 산물이자 사실상 기적에 가까운 일이야. 기적이 자주 일어나다 보니 기적이라고 인지를 못하고 있는 거지. 가사 노동은 주로 가정

주부인 여성이 전담하고 남편과 아들은 이 노동의 수혜를 당연하다고 느껴. 그러다 보니 정당한 보상을 받는 건 아득히 먼 이야기지.

가사 노동이 극악인 이유는 한두 가지가 아닌데 무엇보다도 업무 현장과 휴식 장소가 분리되어 있지 않다는 거야. 통근 시간 0분. 이건 축복이 아니라 저주에 가까워. 한번 상상해 봐. 사무실이나 공장에서 먹고 자며 휴식을 취한다면 삶의 질이 어떻게 될지. 평일 낮이나 주말 아침에 유모차 부대가 스타벅스로 몰려가는 건 업무 현장에서 벗어나 온전한 휴식을 취하고 싶기 때문일 거야.

『남자의 탄생』이라는 책을 보면 한국 남자를 '동굴 속 황제'로 칭해. 황제는 허튼 일을 하지 않지. 남자의 머릿속에 가사 노동은 허튼 일에 포함되어 있어. 남자는 언제나 부인이 차려 준 음식을 먹으며 세탁한 옷을 입고 밖으로 나갈 뿐이야.

그 모습을 보고 자란 아들은 자연스럽게 황제의 위치를 계승받아. 성년이 되어서는 자신을 그렇게 떠받들어 줄 반려자를 찾고. "우리 엄마 고생 많이 했잖아. 그러니

네가 좀……"이라며 대리 효도의 영역까지 욕심내지.

물론 한국 남자도 가사 노동을 해. 하지만 하루 45분으로 OECD 국가 중 최하위지. 이는 직장에서 동료들과 대화를 나누는 시간인 68분보다도 적은 수치야. 이 시간은 단순한 노동 시간일 뿐이라 완성도까지 따진다면 더 낮아질 거야. 웬만큼 가사 노동에 단련된 사람이 아니라면 뒷정리까지 깔끔하게 해낸다는 것은 쉽지 않은 일이지.

입장을 바꾸어 생각해 보자. 부하 직원에게 서류를 40장 복사해 달라고 지시했는데, 바쁘다며 28장만 복사해 온다면 어떤 느낌일까. 남자의 가사 노동에 대한 여자의 평가는 대개 이런 수준일 거야.

감히 말할게. 남자도 가사 노동을 해야 해. 그 남자에는 너희도 포함되지. 소년은 청년이 되고 아저씨가 될 것이며 할아버지가 될 거야. 평균수명이 계속 늘고 있기 때문에 너희는 환갑을 맞이하고도 수십 년 이상을 살 확률이 커. 그래서 가사 노동은 인권의 문제이며 경쟁력의 문제야.

전투에서 가장 중요한 게 보급이듯이 홀로 밥을 해 먹을 줄 아는 남자는 그렇지 않은 남자에 비해 삶의 수준이 극단적으로 올라가. 간편 조리식이라도 끓여서 먹다 보면 직접 도마와 식칼을 잡게 돼. 이를 반복하면 저렴한 가격에 양질의 식재료를 고르는 안목이 생겨. 카레에 닭 가슴살을 잘라서 올리고, 스파게티에 방울토마토를 곁들이는 거지.

이런 걸 반복하다 보면 완성도가 올라가고 자기 취향에 맞으면서도 건강한 식단을 꾸밀 수 있어. 세계를 호령했던 몽골 기마병이 그렇게 싸웠대. 먹고 싸우고 싸우며 먹었지. 부인이 출장을 갔다고 해서 일주일 내내 곰탕만 먹을 필요가 없는 거야.

"아침에 일어나자마자 헝클어진 침대 시트를 모서리에 맞추고 잔주름을 없애라. 그러면 바쁜 업무를 끝내고 돌아왔을 때 훨씬 편하게 쉴 수 있다."

미국 특수부대 네이비실에서 대장을 지낸 인물이 부하들에게 했던 말이지. 그런데 이뿐만이 아니야. 진공청소기로 먼지를 쓸어 내고, 분리수거를 깔끔하게 해 둬. 텔레비전 리모컨은 정해진 위치에 올려놓고, 출근 전에 빨랫감을 세탁기에 넣고 귀가하는 시간에 맞추어 예약을 해

두는 거지. 변기, 세면대, 욕조에 맞는 청소용 도구와 세재로 화장실 물때를 싹 빼는 것도 중요해.

이런 습관이 몸에 밴 남자는 항상 최고 수준의 휴식을 취할 수 있기에 더 열심히 일할 수 있어. 그리고 헬리 혜성의 76년 주기처럼 귀하디귀한 '여자 친구 방문'이라는 대형 이벤트에도 당황하지 않고 문을 열어 줄 수 있지.

아직 가사 노동의 기초를 장착하지 못한 채 소년기를 보내고 있다면 지금이라도 노력해야 해. 배우자 사망 시 다른 나라에 비해 한국 남자가 가장 큰 충격을 받는다는 통계가 있어. 한국 특유의 부부 간의 정도 있겠지만 가사 노동 전담인의 부재에 따른 생활의 고통도 있을 거라 짐작해.

사회 고발 프로그램 진행자를 맡았을 때 노인 복지 기금 횡령 사건을 추적한 적이 있거든. 재단 측의 전횡도 전횡이었지만 홀로 사는 독거노인들의 행태에 적잖은 충격을 받았어.

"계세요?"

함께 현장을 방문한 사회복지사가 몇 번이나 문을 두

드렸지만 아무런 반응이 없었어. 사회복지사는 이럴 때 가장 두렵다고 했어. 천천히 주변을 둘러봤는데 여기저기 귀퉁이가 떨어지고 금이 가 그저 손잡이만 이 판때기가 문임을 나타내고 있었지.

손잡이를 잡고 비틀듯이 밀어붙이자 내부가 보이기 시작했어. 아니, 눈이 시각적 정보를 받아들이기 전에 코를 찌르는 암모니아성 악취가 후각을 매섭게 후벼 팠네. 방범 효과가 전혀 없는 얇은 나무판자 문을 여니 수도꼭지와 석유풍로만 딸랑 있는 부엌이 있고 그 안에 쪽방이 있었어.

설마 아까 문 밖에서 상상하던 상황은 아닐 거라고 고개를 갸우뚱거리며 들어가는데 방 안에서 몸을 돌리고 있는 사람이 보였어. 아니, 사람으로 추정되는 어떤 피사체였지.

바싹 말라 버린 독거노인. 미국 작가 코맥 매카시의 소설에서 볼 법한 황량한 멕시코 국경지대를 사람으로 형상화했다면 이런 모습일 것 같았어. 그 노인은 같이 살던 할머니가 얼마 전 세상을 떠나고 아무것도 하지 않으며 그저 벽에 기댄 채 앉아 있기만 한다고 했어.

프랑스 시인 폴 발레리는 노인의 고독을 빗살 빠진 머리빗에 비유했어. 자기 주변을 채우던 가족, 친구 그리고 목표로 삼던 것들이 하나둘씩 빠지며 공허 그 자체로 돌아가는 거지.

독거노인은 아무것도 할 줄 모른다고 하더라. 두 팔, 두 다리 모두 멀쩡했지만 쌀을 가져다줘도 밥을 해 먹지 못하고, 라면을 줘도 끓여 먹지 못한다고 했어. 평생 옆에서 수발을 들어 주던 부인이 죽자 아무것도 하지 않은 채 오직 텔레비전만 보며 누군가가 오기만을 기다린다고 했지.

좀 더 많은 남자가 좀 더 많은 시간을 부엌에서, 다용도실에서, 분리수거장에서 보내야 해. 이건 다시 말하지만 인권의 문제이고 경쟁력의 문제야. 그리고 생명체로서 최소한의 존엄을 지킬 수 있는 마지막 보루이기도 하지. 소년이여, 부엌으로 가자. 프라이팬을 들자.

다이어트에 실패하는 이유

이번엔 절대 실패하지 않는다. 무조건 성공한다. 굳게 마음먹었는데 겨우 일주일 만에 포기하지. 원래대로도 아니야. 몸무게가 오히려 더 늘어. 안 하느니만 못한 결과가 되는 거야. 차라리 그냥 가만히 있을걸. 왜 나는 다이어트에 실패하고 누군가는 성공하는걸까?

　일단 다이어트는 아주 힘든 거야. 확률로 치자면 성공률이 매우 낮아. 다이어트는 실패율이 99.5퍼센트라고 해. 성공률은 0.5퍼센트라는 거지. 그래서 감량한 몸무게를 2년 이상 유지한 사람들 중에는 위절제술을 받은 사람도 있지. 아예 다이어트 상담으로 돈을 버는 사람도 있고.

너희도 다이어트에 관심 많지? 성공하고 싶지? 한 치수 작은 옷을 입고 싶고, V라인 턱을 갖고 싶잖아. 카메라 앱으로 수정한 사진이 아니라 실물로 봐도 연예인 같은 턱선 말이야. 아마 지금까지 이런저런 다이어트 많이 시도해 봤을 거야. 역시나 실패했겠지. 자, 너의 다이어트가 실패하는 이유. 지금부터 알려 줄게.

첫째, 다이어트의 개념을 잘못 알고 있다. 처음부터 끝까지 잘못 알고 있어. 다이어트는 단순히 몸무게를 줄이는 것이 아니라 건강함을 추구하는 거야.

좀 더 보기 좋은 외모, 날씬한 몸매 또는 더 작은 사이즈의 옷을 입는 것은 다이어트의 결과물이 될 수는 있어도 목적일 수는 없어. 그런데 오직 숫자만 생각하고 무조건 몸무게만 줄이는 방향으로 가다 보니 요요 폭탄을 맞고 마는 거지.

이건 너희 잘못이 아냐. 어른들 잘못이야. 다이어트라는 키워드로 돈을 벌려는 어른들이 온갖 잘못된 정보를 퍼뜨리면서 원래 개념 자체가 흔들리고 아예 흔적도 없이 날아가 버린 거지. 건강함을 찾는 것 그리고 그걸 유지

하는 것. 그게 바로 다이어트야.

둘째, 잘못된 다이어트 방법을 버리질 못한다. 정답이 있어. 과학적으로 검증이 끝났고 통계적으로 그 효과를 증명하는 아주 훌륭한 다이어트법이 있어. 바로 '적게 먹고 많이 움직이는 것'이야. 그러나 하기 싫지? 당연해, 배고프고 힘든 일이거든.

지난 세기 동안 약 2만 6000가지의 다이어트법이 나왔대. 왜 이렇게 많은 방법이 나왔을까? 그건 적게 먹고 많이 움직이기 외에는 별다른 효과가 없기 때문이야. 만약이 방법 외에 다른 어떤 다이어트법이 효과가 있다면 새로운 방법들은 아예 등장도 못했겠지.

셋째, 다이어트를 할 조건이 되지 못한다. 전황이 너무 안 좋다는 거야. 조건이 안 좋아. 바로 너희 말이야. 학교는 스트레스를 푸는 공간이 아니라 스트레스를 받는 공간이잖아. 학교생활이 너무나 행복하고 즐겁다면 롯데월드처럼 돈을 내고 들어가겠지.

공부를 잘하든 못하든, 교우 관계가 좋든 안 좋든 성장기의 청소년이 한 공간에 꽉꽉 뭉쳐 있는 것만큼 스트레스 넘치는 일이 따로 없어. 또 자기 마음대로 할 수도 없잖아. 학교 끝나고 학원 들렀다가, 집에 오면 달리 뭐 할 시간이 없으니 스마트폰으로 다시보기만 열심히 보다가 자고. 수면 부족인 상태로 아침을 맞이하고.

넷째, 다이어트는 본능과 싸워야 하기 때문이다. 인간은 진화를 거듭하며 여기까지 왔어. 척박하고 엄혹한 자연환경을 꿰뚫고 생존하기 위해서는 먹을 수 있을 때 최대한 많이 먹어 두어야만 했어. 달리 식량을 장기 보존할 방법이 없었으니 배 속에 넣어 두는 게 가장 안전했어. 포만감은 그 자체로 행복이기도 했지만 불안전한 식량 사정을 버텨 낼 유일한 방법이었지.

현대를 살고 있는 우리는 마음만 먹으면 하루에 딱 필요한 열량만큼만 먹고살 수 있어. 하지만 그렇게 살면 행복하지 않아. 본능이 만족하질 않아. 태어날 때부터 갖추어진 기본값을 어겨야 한다는 건 일자 볼트를 십자드라이버로 돌리는 것보다 더 힘든 일이야.

이렇게 말하는 나는 다이어트 성공했냐고? 그래 했다. 난 고등학교 1학년 때 몸무게가 이미 100킬로그램을 돌파헸어. 대학교 다닐 때는 114킬로그램이어서 친구들이 나를 전화번호 안내 서비스인 '114'로 부르기도 헸지. 40대에 들어서면서는 스트레스 때문에 126킬로그램까지 올라갔어.

중학교 때 이미 80킬로그램에 들어섰기 때문에 그때부터 평택에서 서울 이태원까지 큰 옷 전문점에 옷을 사러 다녔단다. 그러다 2019년이 시작하자마자 세 달 만에 10킬로그램을 뺐고, 이후 계속 감량에 성공해서 105킬로그램까지 내려온 상태야. 수십 년 만에 큰 옷 전문점과 미국 직구로 옷 사는 것을 안 하게 됐지. 오랜만에 본가에 가니까 가게 안쪽 깊숙이 있던 어머니가 날 못 알아보더라고.

126킬로그램이었던 몸무게를 20킬로그램 이상 덜어냈지만 부족하다고 생각해. 앞으로 목표는 93킬로그램이야. 체급으로 치면 120킬로그램 이상이 무제한급, 120킬로그램까지 헤비급, 102킬로그램까지는 크루저급, 93킬로그램까지가 라이트 헤비급이니 세 체급이나 내려가는 거지.

내가 어떻게 다이어트에 성공했을까? 첫째, 감량을 목표로 하지 않았어. 참 역설적인데 이번 다이어트는 감량을 목표로 한 것이 아니었어. 태어나서 처음으로 '재미있게 운동하자'를 목표로 삼았지. 강연, 방송, 해설, 팟캐스트 등 일정이 많아서 건강을 제때 챙기지 못했거든. 운동을 하면서 의미를 부여하는, 특히 살을 뺀다는 생각보다도 즐겁고 오랫동안 운동하는 것을 목표로 했어.

밖에서 뛸 때는 무슨 노래를 들을까 챙기는 데만 시간이 꽤 걸렸지. 격투기 체육관에서도 펀치, 킥, 콤비네이션 등 기술 하나 배울 때마다 메모장에 정리하고 공터에서 혼자 연습했어.

매일매일 몸무게를 기록하는 게 아니라 일주일에 한 번 정도 '눈바디'로 측정하며 사진을 찍어 뒀지. 즐겁지만 숨이 찰 정도로 격하게 그리고 자주. 이렇게 운동하니까 딱 한 달 만에 5킬로그램 이상이 빠지더라.

둘째, 규칙적인 생활을 했다. 모터사이클의 내연기관은 흡입, 압축, 폭발, 배기 4행정 기관의 순환을 통해 힘을 만들어 내지. 엔진 피스톤은 분당 수천 번 움직이며 동력을 전달하며, 내부 기관은 각각 정확하고 엄정한 규칙들로 배열되어 있어. 여기서 단 하나만 흐트러져도 혼합기가 역류하거나 카본이 쌓이고 최악의 경우 피스톤이 밸브를 치면서 엔진이 그대로 멈춰 버려.

사람 몸도 마찬가지야. 몸은 단백질, 탄수화물, 지방을 연료로 움직이는 하나의 커다란 엔진이야. 이 엔진을 오랫동안 별 탈 없이 쓰기 위해서는 규칙적인 생활을 해야 하지.

아침에 눈을 뜨자마자 에너지를 보충해 주고, 스트레칭을 통해서 온몸에 유연성을 부여하는 거야. 낮 시간에 활발한 활동을 했다면 취침 시간에 이르러서는 몸의 긴장을 서서히 풀리게끔 하며 뇌도 셧다운을 시켜야 해. 숙면을 취해야 몸이 다시 제대로 움직일 수 있으니까.

이런 기본이 지켜져야 다이어트도 성공해. 낮과 밤이 바뀐 것은 아닌지, 제때 밥은 먹는지, 잠은 충분히 자는지. 기본을 지키면 운동으로 몸이 피곤해져도 금세 회복하면서 다시 움직일 수 있더라고.

셋째, 평생 할 각오를 했다. 나처럼 성장기 이전부터 과

체중이었던 사람은 몸 안에 지방세포 개수 자체가 많아. 지방이 연소돼도 지방세포 수 자체가 줄어드는 게 아니라 크기가 작아지는 거지. 그래서 조금만 방심하면 폭풍 같은 요요가 오는 거야.

이전에 다이어트를 했다가 실패하면서는 요요가 아니라 그 이상으로 리바운드까지 겪었지. 이번 다이어트를 계획하면서는 평생 할 생각을 했어. 그런데 이게 결과적으로 꽤 괜찮은 마음가짐이었던 같아.

나도 사람이고 사회인이다 보니 어쩌다 삼겹살에 소주를 마신다거나 새벽까지 맥주를 마실 일도 있어. 알코올이 몸으로 들어가면 간이 정말 바빠져. 그래서 음식으로 들어온 지방을 제대로 분해하지 못하고 그대로 축적하지. 위도 엄청나게 늘어나서 다음 날 아주 강한 허기를 느껴. 그 공복감을 채우려고 해장국을 거나하게 한 그릇 들이키면 몸이 무겁고 나른해져서 운동도 빼먹게 되지. 몸무게? 말도 마. 단 하루만에 5킬로그램이 늘어난 적도 있으니까.

예전 같았으면 에라 모르겠다며 포기했을 거야. 그런데

이번엔 아니었어. 평생 할 거라고 마음먹었으니까. 힘들면 며칠 쉬었다가 다시 운동도 하고 식사 조절도 했어. 그렇게 오르락내리락하면서 1년이 지나니까 이제는 어쩌다 과식을 해도 잠깐 1~2킬로그램 정도 몸무게가 올라갈 뿐 화장실 한두 번 다녀오면 원래대로 돌아와.

나의 '다이어트 성공담'이 어쩌면 너희한테 안 맞을 수도 있어. 아니, 사실 안 맞아. 난 40대 중반 프리랜서로 내 삶을 컨트롤할 능력을 가지고 있어. 그 능력은 공부를 해서 얻은 것도 아니고 돈으로 살 수 있는 것도 아니야. 20년 가까이 프리랜서로 일하다 보니까 얻게 된 훈장 같은 거야.

갑자기 업무상 회식 제안이 와도 거절하거나 뒤로 미룰 연륜이 생겼고, 운동 시간에 방해가 되지 않도록 업무 시간을 조율할 수도 있어. 주변이 나를 위해 움직이게끔 하는 거야. 아주 미력하나마.

하지만 너희는 그게 안 될 거야. 학교 다니는 학생이 자기 삶을 어떻게 통제할 수 있겠어. 그러니 다이어트가 엄청 어렵지. 학생이면서 다이어트에 성공했다면 그에 대한 존경심을 표현하고 싶을 정도야. 만약 실패했더라도 온전하게 모두 자기 잘못은 아니라는 걸 말해 주고 싶어.

다이어트를 감량으로 생각하지 말자. 그렇게 생각하고 계획을 짜는 순간 지하철이 종점을 향해 달려가는 것처럼 실패는 예정되어 있고, 부작용으로 요요와 더 나빠진 건강상태를 얻게 될 수도 있어. 큰 문제가 없다면 내 몸을 받아들이고 건강을 유지하는 것에 중점을 두었으면 해.

만약 정말 외형적으로 내 몸을 바꾸고 싶다면 아주 오랫동안 천천히 하는 걸로 해 보자. 조금씩 뛰고, 틈날 때 스쿼트을 하고, 밥을 천천히 먹는 것. 이렇게 부담 없이 시작할 수 있는 걸로 말이야.

이렇게 생각해 보자. 지금 내 정신은 내 몸에 전세를 살고 있다고. 10대의 정신은 10대의 몸을 빌려 쓰고 있는 거야. 지금 잘 써야만 20대, 30대에 전세 들어오는 정신이 잘 쓸 수 있다고. 특히 40대부터는 갑자기 집 곳곳에 물이 새거나 전기가 나가거나 심지어 집에서 쫓겨나는 사태도 종종 일어날 거야.

건강 신경 쓰라는 말이 너희에게 얼마나 귓등으로 들

릴지 내 눈에도 훤하다. 지금 금덩어리를 깔고 앉아 있다
는 걸 알아 둬. 이걸 나중에 꺼내 쓰려면 지금부터 잘 관
리해야 해.

이번 라운드가 끝은 아니야

전신 문신, 짧게 깎은 스포츠머리 혹은 삭발, 삐쩍 마르고 독기 가득한 얼굴, 근육으로 된 갑옷을 입은 듯한 거한들. 정말 중간이 없다. 극과 극. 그러나 하나같이 매서운 눈빛.

살벌한 풍경이라는 말은 이럴 때 써야 하는 게 아닌가 싶어. 내 눈앞에 펼쳐진 이 군상이 뿜어내는 아우라도 대단했지만 여기까지 오는 동선도 대단했지.

정문 경비소에서 신분을 밝히고 신분증을 맡긴 후, 본 관 건물에서 직원과 만나 신분을 재차 확인해. 넓은 운동 장을 가로질러 생활관 앞에 도착하면 지문인식기가 달린 두터운 철문을 두 개 이상 통과해야만 이곳에 도착할 수 있지.

철컹철컹. 모터로 작동되는 바리케이드가 움직이는 소리, 두터운 철문이 열리는 소리. 묵직하더라고. 드라마, 영화, 만화에서 봤던 장면들이 떠올랐어. 액션영화나 느와르 영화에서 종종 보던 장면들. '콘텐츠'로 소비할 때는 별 느낌 없었는데 직접 이곳에 와 보니 긴장감이 엄청났지. 여기가 어디냐고? 바로 소년원이야.

자, 먼저 정확하게 짚어 둘 것이 있어. 소년원은 이제 없어진 명칭이야. 소년원은 형법상 미성년자를 수용하는 시설이면서 학생들을 가르치는 곳이기 때문에 학교로 분류돼. 보호소년의 처우에 관한 법률에 따라 설치된 법무부 범죄예방정책국 소속 특수교육기관이야. 즉 학교라는 말이지.

교도소에 들어갈 때 흔히 '학교 간다'라고 하는데 정말 학교인 거야. 하지만 소년원이라는 명칭이 워낙 많이 알려져 있고 입에 착 붙기 때문인지 ○○정보학교 같은 이름 옆에 가로 열고 소년원이라고 쓰는 경우가 종종 있지.

일단 소년원 강연은 고달파. 강사 입장에서는 정말 고

달파. 위치부터 도심과 꽤 떨어진 곳들이 많고 대중교통으로 가는 게 불가능해. 자가용이나 렌터카를 이용해야 하는데 몇 해 전까지는 보안 시설로 분류되어 내비게이션에서 검색도 되지 않는 경우가 허다했어. 가는 길도 험난해. 국도에서 벗어나 일방향 농로를 타고 가야 하는 경우도 있고 가는 길을 잘 몰라서 엉뚱한 곳으로 가기도 일쑤야.

그것뿐인가. 복잡한 과정을 거쳐 강연장에 도착했을 때의 긴장감. 내 앞에 모인 100여 명의 이글거리는 눈빛을 보면 정말 간담이 서늘해지더라고. 나도 나름 헤모글로빈, 아드레날린, 테스토스테론이 가득 찬 '액션 청춘'을 보냈는데 이 살벌함은 한여름에도 한기가 느껴질 정도였어. 왜냐면 얘들은 '진짜'니까. 어지간한 범죄를 저지르지 않고서야 이곳에 올 수 없지.

아무튼 난 이 강연 업계에서 유난히 소년원 특강과 결이 맞는 사람으로 유명해졌어. 우리나라에 있는 모든 소년원을 다 돌아다녔는데 친분이 있는 법무부 직원이 자기도 그렇게는 못 가 봤다더라고.

이 친구들 앞에서 강연을 하게 된 것은 2015년 즈음부터야. 처음에는 소년원보다 형량이 가벼운 친구들을 보호하는 수련원에서 강연을 하게 됐어. 어떤 문화재단의 요청으로 가게 됐는데 그때도 정말 깜짝 놀랐어. 피지컬이 어찌나 좋은지 300명의 스파르탄 용사들이 눈앞에 있는 줄 알았다니까. 솔직히 좀 꺼려지는 부분도 있었지만 강연 비수기라 돈도 좀 필요하고 해서 응했지.

처음에는 거들먹거리면서 센 척하는 아이들도 있었어. 내가 계속 귀여운 척 재주도 부리고, 손으로 사과를 으깨는 차력 쇼 같은 것도 하면서 강연을 하니까 대부분 내 말을 잘 들어주더라고.

무사히 한 시간을 잘 보내고 안도의 한숨과 함께 노트북을 정리하는데 짧은 스포츠머리에 약간 '어린 마동석' 같은 원생이 나한테 다가오더니 그러는 거야.

"형님, 강연 재밌게 잘 들었습니다. 같이 사진 찍어도 될까요?"

당연히 소년원생들은 스마트폰 반입 금지라서 교도관 선생님 걸로 사진을 찍었어. 몇몇이 "나도, 나도" 이러면서 몰려들더라. 어떤 원생은 "강사님, 팔 좀 만져 봐도 돼요?"라며 내 팔을 만지기도 했지. 그런 모습들이 뭔가 애잔하기도 하고 짠하기도 하더라고. 나중에 법무부에 계신 분들과 이야기하면서 원생들이 왜 그랬는지 조금은 알게 됐어.

"얘네가 인생이 좀 기구해요. 밖에서 제대로 된 사람대접을 못 받고 살아온 거예요. 때리고 맞고 그런 세계에만 있다 보니 말로 이야기하고 타협하고 그런 걸 못 해요. 뭔가 불만이 있으면 주먹부터 나가고. 그러다 사고를 치는 거죠."(법무부 직원 A님)

"철저하게 경쟁이죠. 하루에 팔굽혀펴기를 1000개씩 하는 녀석들도 있어요. 생수 통으로 아령을 만들어서 시간 날 때마다 운동을 해요. 그런데 그게 자기 몸을 건강하게 만든다는 것보다 남한테 지기 싫은 거예요. 무조건 이기려고만 하는 거죠. 정글 같은 데서 살다 보니까 그런 게 몸에 벤 거예요."(○○소년원 보건 선생님)

"저기 저쪽에 방금 변호사랑 면담하고 나간 녀석이 얼마 전 포털사이트 메인에 기사가 대문짝만하게 난 그 사

건 주인공이에요. 전혀 그렇게 안 보이죠? 저희도 처음에는 깜짝 놀랐다니까요."(○○소년원 선생님)

아마도 원생들 눈에 비친 나는 좀 특이한 존재가 아니었을까. 자기들보다 나이도 많고 싸움도 잘하게 생겼는데 항상 존댓말을 쓰고 농담도 잘 받아 주는. 특히 바깥 세상에서는 경험하기 힘들었던 일상적인 감정 교감을 나와 있으면서 느꼈던 게 아닐까.

UFC, WWE 해설위원이었던 나를 텔레비전을 통해서 본 적이 있으니까 약간의 친근감도 있을 테고. 다른 강사들보다 한 발자국 더 다가올 수 있을 것 같더라고.

소년원 특강을 다니면서 깡패가 정의로운 주인공으로 나오는 '깡패 영화'를 안 보게 됐어. 현실 속의 깡패들은 미성년자가 낮은 수위의 처벌을 받는다는 걸 악용해서 내 눈앞에 있는 이런 친구들을 쓰고 버리기 일쑤거든.

그런 어른들이 득시글한 세상에서 살다가 아이러니하게도 국가에 의해 갇혀 있지만 보호받는 이곳에서 선생님들로부터 양질의 교육을 받고 규칙적인 식사까지 하며 조금씩 '보통 사람'이 되어 가는 것은 아닌가라는 추론도 해

봤어.

"강사님 되게 귀여웠어요."

이런 피드백을 교도관 선생님을 통해서 받기도 했어. 몇몇 친구는 학교를 졸업하고 나와서 메일을 보내기도 하더라. 하지만 항상 좋은 일만 있지는 않았어. 한 번은 강연을 끝내고 나오는데 덩치가 아주 큰 녀석이 다가오더니만 "선생님, 지난 번에 수련원에서 보고 또 보네요" 이러는 거야. 또 사고를 치고 들어온 거지. 나도 모르게 등짝 스매싱을 갈길 뻔했지 뭐야.

이 학교에서는 정말 여러 가지를 배워. 일반 중고등학교 과정도 배우는데 검정고시 합격률이 평균적으로 60~70퍼센트야. 인간은 적응의 동물이라잖아. 이곳에서 새로운 희망을 찾고 노력하는 원생들이 꽤 된다는 거지.

다른 선생님한테 들은 이야기인데 빵 만드는 베이커리 과정이 있거든. 이 과정이 인기가 좋대. 한창 성장기라서 뭘 먹어도 배고플 나이니 맛있는 빵 만드는 게 얼마나 재미있겠어.

반죽을 만들어서 오븐에 구우면 막 구운 빵 냄새가 천

지에 진동하잖아. 자기가 직접 만든 빵을 입에 넣어 맛보고 남은 건 친구들에게 나눠 준대. 그러면 "고맙다"라는 말이 오가잖아. 어떤 원생들에게는 타인의 선의에 고마움을 느껴 고맙다는 말을 하거나 그런 감사의 말을 듣는 것이 태어나서 처음 하는 교감이라는 거야.

나도 이런 교감이 있었어. 내가 초등학교, 중학교 때까지는 비교적 말썽이 적었거든. 고등학교에 올라가서 급속히 '흑화'된 케이스라고 할 수 있는데, 뭐 그 과정과 이유는 나중에 설명할게.

아무튼 매번 사고를 치고 교무실로 불려 가서 매도 맞고 벌도 서고 그러다가 어느 날 당직을 서던 선생님이 반성문을 쓰라는 거야. 같이 벌 서던 녀석들은 형식적으로 짧게 적었지만 난 비교적 자세히 그리고 생동감 있게 써 냈지.

"……그때 교회 화장실 문이 갑자기 열리면서 학생주임 선생님이 들어오셨고, 몇몇은 도망갔으나 다리를 다쳤던 저는 도주를 포기하고……."

사실 이렇게 쓴 건 개긴다는 느낌도 있었어. 그런데 선생님이 내 반성문을 읽더니 껄껄 웃으며 재밌다고 하면서 "넌 글을 잘 쓰는구나"라고 하더라고. 고등학교 들어와서 처음으로 받은 칭찬이었어. 참 웃기게도 그 일을 계기로 끄적끄적 글을 쓰게 되었고 여기까지 온 거야.

내가 원생들과 나누었던 한 시간의 교감. 시선의 교환, 강연 중 주고받았던 농담, 내 팔을 만지는 원생들, 강연 후 나누는 주먹 악수, 하이 파이브. 이런 것들이 아주 작은 계기가 되어서 인생에 다음 라운드가 있다는 걸 알게 되지 않을까.

시합으로 치면 이번 라운드는 당연히 망했지. 망한 거 맞아. 높고 커다란 담벼락으로 둘러싸인 곳에 갇혀 있잖아. 자기 마음대로 할 수 있는 일도 없고. 하지만 다음 라운드가 분명 있거든. 앞으로 최소 50년 동안 하고 싶은 대로 살 수 있는 라운드가 남아 있다고.

인생은 격투기처럼 라운드별 승점제니까. 이번 라운드는 졌어도 다음 라운드를 잘해서 승리로 가져가고, 다시 다음 라운드를 승리로 가져간다면 인생의 최종 승리자가 될 수 있으니까.

아, 그리고 나름 학교에서 논다는 일진들아. 좀 작작해라. 센 척하고 잘나가는 척해 봤자 그 끝은 ○○정보통신학교야. 거기서 나랑 만나지 말고 적당히 좀 하자. 알았지?

3장

건투를 빌며 저지방 우유로 건배!

여유로울까, 불안할까?

저는 아직 명확한 꿈이 없어요. 무엇을 좋아하고 사랑하는지도 잘 모르겠고요. 꿈이 생긴다고 해도 정말 그 꿈을 이룰 수 있을까요? 과연 제가 정말 좋아하고 사랑하는 것을 찾을 수 있을지, 꿈을 이룰 수 있을지 너무 불안해요.

나는 올해 초부터 방송국에서 프로그램을 맡아 사회를 보고 있어. 대략 서너 명 정도의 패널들과 함께 시민들이 발표한 영상을 보면서 이야기를 나누는 참여형 토크쇼라고 할 수 있지. 내가 처음 스튜디오의 마이크 앞에 앉은 게 2000년 즈음이니 벌써 20년 가까이 이 일을 하고 있어. 한 생명이 태어나 투표권을 갖게 될 정도까지의 시간 동안 일을 해 왔으니 여유로울까, 불안할까?

앞선 글을 읽었다면 내가 모터사이클을 좋아한다는 걸 알 거야. 250cc 이상 대형 모터사이클을 탈 수 있는 2종 소형 면허를 딴 게 1994년이니 25년이 넘었네. 그간 10여 대 이상의 모터사이클을 타 왔고 지금도 타고 있어. 푸른 하늘만 보면 연료탱크 밑에서 폭발하는 내연기관의 피스톤이 떠오르고 배기음을 상상하며 가슴이 떨리곤 해. 25년 동안 모터사이클을 타 왔으니 여유로울까, 불안할까?

나는 프로레슬러야. 링 안에서 경기를 하는 사람이지. 아주 꼬맹이 때 친구 집에 놀러 갔다가 미군 방송에서 방영되는 프로레슬링 경기를 보고 환영에 이끌려 여기까지 왔어. 데뷔한 지 10년쯤 되었을 땐 일본 단체에서 챔피언 벨트를 따 내기도 했지. 작년과 올해는 계속 연승을 이어가고 있어. 몇 년 지나면 데뷔 20년 차를 맞이해. 그럼 링 위에 올라갈 때마다 여유로울까, 불안할까?

셋 다 답은 같아. 불안해. 항상 어떤 결과가 나올지 모르기에 불안하고 때로는 초조하기도 해. 그런데 이 불안은 조금만 관점을 바꾸면 굉장한 에너지원으로 바뀌어. 그냥 버리면 쓰레기에 불과한 폐지와 플라스틱이 분류만 잘하면 아주 훌륭한 재활용 자원이 되는 것처럼 말이지.

내일 있을 방송 녹화를 생각하면 불안해. 그래서 대본을 읽어. 프로듀서, 작가가 프로그램 전체의 얼개를 구상하고 그것에 맞춰 게스트를 섭외해. 사회자가 어떤 때 어떤 질문을 해야 할지 정리한 대본을 종이 한 장에 네 페이지씩 인쇄해서 읽어. 이렇게 해서 읽으면 종이를 절약할 수 있을 뿐만 아니라 전체 흐름을 조망하기도 좋아. 어디서 강약을 주어야 할지 미리 표시하지.

출연하는 게스트들이 과거에 어떤 말을 했고, 현재는 어떤 것에 힘을 쏟고 있는지 간략하게 조사해. 방송은 하나의 도구라서 그 자리와 시간을 빌어 자기 장점을 어필하고 싶은 것이 출연자들의 마음이야. 그걸 미리 조사한 다음 헤아려 가며 질문해. 그러면 훨씬 부드러운 분위기로 녹화를 할 수 있어. 이런 일들을 하기 위해 메이크업 시간까지 고려해서 한 시간 전에 대기실에 도착하지. 이렇게 하는 이유는 불안하기 때문이야.

모터사이클을 타기 전에는 시동을 걸고 예열을 충분히 하지. 1000rpm 인근에서 헐떡거리며 불규칙하던 공회전이 일정 수치를 지나며 안정을 찾아가. 배기음은 고르게 모터사이클 주변을 부드럽게 감싸고. 그동안 모터사이클을 중앙에 두고 반시계 방향으로 돌면서 상처가 난 곳은 없는지, 케이블이 꺾인 곳은 없는지 육안으로 점검해. 타이어를 훑어보며 혹시 못이나 이물질은 없는지 확인하고. 스마트폰 앱에 정리해 둔 정비 일지를 보며 언제 엔진오일을 갈았는지도 떠올리지.

시트에 엉덩이를 올리고 클러치와 브레이크를 잡았다 놓았다 하면서 유격을 점검한 다음 철커덕, 기어를 1단에 넣고 출발해. 과속방지턱을 넘어갈 때마다 서스펜션이 완충 작용을 제대로 하는지 몸으로 측정해.

복잡한 시내를 벗어나 교외로 나가. 쭉 뻗은 도로와 신카이 마코토 감독의 애니메이션 한 장면을 떠올리게 하는 하늘이 펼쳐져 있지만 속도를 과감히 올리는 건 경계하지. 따뜻해진 아스팔트 노면과 타이어가 찰떡궁합을 자랑하지만 최대한 여유 공간을 두고 코너링을 해. 무리

한 와인딩은 하지 않아. 왜냐하면 불안하기 때문이야.

처음 록업(상대 선수와 서서 맞잡기)을 했을 때 깜짝 놀랐어. 다른 남자와 숨소리는 물론 콧구멍이 넓어졌다 좁아졌다 하는 게 다 보일 정도로 바짝 붙어서, 속옷에 가까운 경기용 팬츠 한 장만 입고 노려보는 게 정말 어색했거든. 이제 그런 어색함은 많이 사라졌지만 여전히 불안해. 잠깐 여유를 부린 대가로 여기저기 부러지고 찢어진 경험이 있기에 이제는 여유를 부리지 않아.

경기 전 시합용 장비들을 점검하고, 로프를 점검하고, 링 바닥의 탄성을 체크해. 대기실에서 링까지의 동선, 거리, 시간도 점검하고. 등장 음악이 피크에 올라섰을 때 링에 들어가지 못하면 정말 낭패이기 때문이야.

이 세상에 확실한 것은 하나도 없어. 하지만 확실한 것이 없기 때문에 인생이 가치 있기도 해. 모든 것이 확실하다면 우리 모두는 태어날 때부터 정해진 운명대로 살아야 했을 거야. 금수저는 금수저로, 은수저는 은수저로, 흙수저는 흙수저로. 아마 그렇다면 이런 고민에 대해 묻고 답하지도 않겠지.

국제 무대를 나서면서도 스폰서가 없었던 김연아 선수는 올림픽 메달을 꿈도 못 꾸었을 거야. 우리가 알고 있는 모든 '성공 신화'는 우주 반대편의 어디에 있을지도 모를 평행우주 속에나 있을 법한 일이었겠지.

불안을 없애 줄 답을 원한다면 난 답할 수가 없어. 나 또한 항상 불안에 휩싸여 살고 있기 때문이지. 확실하지 않기 때문에 불안을 느껴. 그러나 불안이란 달리 보면 '지성'이 있기 때문이야. 현 상황에서 부족한 점이 있다는 것을 자각하기 때문에 그런 불안이 생기는 거야. 그런 것을 헤아릴 능력이 없는 이는 불안을 느낄 수 없지.

불안과 싸우고 불안을 받아들이는 게 삶의 전제 조건이야. 이걸 상수로 설정하고 살아가야 해. 과연 자신이 원하는 길을 찾을 수 있을지, 꿈을 이룰 수 있을지는 누구도 알 수 없어. 정말 아쉽게도 알 수 없지.

인생을 몇십 년 선행학습한 입장에서 약간의 스포일러를 하자면, 삶이란 다가오는 불안을 받아들이고 때로는 그것과 싸우며 앞으로 나아가야 하는 거야. 그리고 이걸 살아 있는 내내 반복해. 사이사이에 아주 짧은 순간이나

마 찾아오는 보상, 보람, 결과에 웃음 짓는 거지.

그러다가 보면 자기만의 완급, 자기만의 루틴, 자기만의 리듬을 찾게 될 거야. 그럼 점점 수월해져. 아니, 더 어려울 때도 있지만 전체적으로 자기가 살고 싶은 쪽으로 인생의 방향키를 잡을 수 있지.

자동차에서 보조석이나 뒷자리에 앉은 사람은 운전석에 앉은 사람과 같은 부담감이 없어. 오직 운전석에서 핸들을 잡은 사람만이 내비게이션을 확인하고, 표지판을 찾아보며, 앞차나 뒤차와의 거리를 신경 쓰며 운전해.

지금 불안을 느끼기 시작했다면 자기 인생의 핸들을 잡았기 때문이야. 천천히 기어를 넣고 주변을 둘러보며 출발해. 목적지까지 안전하고 즐겁게 도착하길 기원할게. 굿 럭.

이제 몸만 움직이면 돼

저는 항상 머리로만 합니다. 머릿속으로는 '오늘은 밤새 공부해야지', '운동은 세 시간 이상 해야지' 하는데 현실은 '그냥 내일할까?', '아 정말 하기 싫다'라는 생각이 듭니다. 하고 싶은 건 많은데 정작 한다는 건 스마트폰이고요. 이럴 때는 어떻게 해야 할까요?

이제 몸으로 하면 되겠네. 본인이 말한 것에 답이 있잖아. 머리로만 한다고 했으니까 이제 몸으로 하면 되겠어. 자, 답변 끝. 아, 이러면 너무 정 없으니까 조금 더 자세히 말해 볼까?

일단 가장 큰 문제는 목표가 너무 커. 밤을 새서 공부하겠다거나 운동을 세 시간 이상 하겠다는 건 애초에 달성하기 힘든 목표야. 이루기 힘든 목표를 세워 두었으니 조금 하다가 기운이 빠져 버리고 결국 포기하는 거지.

그런데 문제는 이런 루틴이 반복된다는 거야. '이룬 게 없다 → 몰아서 한 번에 해치우자 → 할 일이 너무 많다 → 그래서 포기한다 → 이룬 게 없다' 이렇게 되는 거지.

먼저 달성 가능한 목표를 세워 보자. 공부를 30분만 집중해서 하겠다, 팔굽혀펴기를 서른 번 하겠다 이렇게 말이야. 이때 가장 중요한 것은 목표를 달성했다는 성취감이지. 인간이 가지고 있는 성취감의 저장 탱크는 그 용량이 조금씩 커지게 되어 있어. 처음엔 별것 아닐지라도 계속 성취감을 느끼면서 목표를 조금씩 올려 봐.

웨이트트레이닝을 할 때 초보자는 열 번에서 열다섯 번 정도 반복할 수 있는 무게로 시작해. 5킬로그램이든 8킬로그램이든 처음은 가볍게 무리 없는 수준에서 시작하지. 이걸 반복하다 보면 몸에 근력이 붙고 조금씩 중량이 늘어나게 되는 거야.

또 하나 팁을 주자면 스마트폰을 잠시 꺼 두거나 아예 집에 두고 밖으로 나가서 운동이나 공부를 해 봐. 우리가 쓰는 스마트폰은 인터넷만 연결되면 무제한적인 멀티미디어 재생 기계가 돼. 관심사를 키워드로 입력하면 그 어떤 것이든 다 찾아서 보여 줘.

이 유혹을 피한다는 건 정말 대단한 의지력이 아니면 힘든 거야. 나도 스마트폰만 들여다보다 시간을 날릴 때가 꽤 있어. 그래서 아주 중요하고 긴급한 일을 해야 할 때는 비행기모드로 해 두거나 아예 집에 두고 밖으로 나가서 일을 할 때도 있지.

그래도 참 대단한 것은 이렇게 자기 문제를 알고 있고 그걸 해결하려 질문까지 했다는 거야. 단점을 드러낸다는 것은 자신을 마주보는 용기를 필요로 해. 넌 용기와 지성까지 다 갖추고 있네.

지금 당장 스마트폰을 끄고 책상 서랍 안에 넣은 다음 공부할 책을 들고 밖으로 나가. 아니면 수건 한 장 들고 헬스장으로 가거나. 다시 말하지만 이제 몸만 움직이면 돼.

유튜버가 되고 싶다고?

부모님은 물론이고 누나, 사촌, 할머니, 할아버지까지
모두 반대하는 꿈이 있는데 실패할 것 같아서 두려워요.
제 꿈은 대학에 가지 않고 유튜버가 되는 거거든요. 어떻
게 하면 부모님을 설득할 수 있을까요?

솔직히 말해 봐. 유튜버가 되고 싶어서 대학에 가지 않
겠다는 건 그냥 공부하기 싫다는 '핑계' 아니야? 만약 그
게 아니라면 사과할게. 그런데 강한 의심이 드는 것은 어
쩔 수가 없네. 왜냐고? 유튜버는 지금 당장 될 수 있잖아.
스마트폰 잠금 해제를 하고 유튜브 앱을 실행한 다음 계

정을 만들어. 그리고 영상을 업로드하면 '유튜버'가 되는 거야.

매혹적이고 참신하며 트렌디하고 핫한 영상들을 만들어서 구독자 100만 명에 광고 수익으로 한 달에 몇백, 몇천만 원씩 버는 그런 크리에이터가 되고 싶다는 거지? 그런데 이상해. 크리에이터는 대학 가서도 할 수도 있고 직장 다니면서도 할 수 있잖아. 어째서 꿈이 '대학에 가지 않고 유튜버가 되는 것'인지 이해가 안 되어서 그래.

그리고 또 하나 짚어 볼 것이 있어. 실패할 것 같아 두렵다고 했잖아. 아니, 본인도 이 선택에 걱정이 되는데 할머니, 할아버지, 어머니, 아버지, 누나, 사촌은 어떻겠어? 말이 안 되잖아. 여기서 구차하게 '인기 유튜버들의 실상' 같은 건 말하지 않을게. 그런 건 인터넷을 조금만 찾아보면 다 나오잖아. 그걸 감안하고서도 유튜브에 뛰어든다고 하면 그건 본인의 선택이니까.

유튜버와 비슷하게 건물주에 대해서도 대체로 오해가 있는 것 같더라고. 진로 강연이 끝나면 많은 학생이 장래 희망으로 건물주를 이야기하거든. 그런데 건물주는 결코 아무 일도 하지 않고 돈을 버는 사람이 아니야.

임대료를 받기 위해 만들어진 건물이란 커다란 기계와 같아서 항상 관리하고 신경 쓰지 않으면 문제가 생겨. 계절마다 새로운 문제들이 건물 내구성을 시험하고, 그때 제대로 대처하지 못하면 하나의 상품으로 임차인들에게 선택받지 못해. 때때로 임차인들과 여러 문제로 다툼이 일어나기도 하고.

또 경기가 좋으면 좋은 대로 나쁘면 나쁜 대로 법적인 이슈가 터지고는 하지. 그래서 나름 사업가 마인드를 가지고 건물을 '경영'해야 하는 거야. 이 땅에 내 건물만 있는 건 아니니까. 바로 옆에 내 건물과 똑같거나 더 좋은 건물이 있으니까.

이런 경쟁이라면 유튜버는 더 심해. 스마트폰을 들고 있는 모든 이가 경쟁 상대지. 거길 뚫고 들어가서 자리를 잡아야 하는데 해도 될지 모르겠다는 심정으로 다가간다는 것은 너무 무모해. 더군다나 '공부하기 싫어서 하는 핑계'라면 정말 값비싼 대가를 치르고 말 거야.

내 감정 기록하기

작가님은 현재의 자신을 사랑하나요? 전 스스로가 마음에 들지 않거든요. 외모, 성적은 물론이고 소극적인 성격도 별로예요. 스스로를 사랑해야 남에게도 사랑받을 수 있다고 하는데 그러기가 쉽지 않은 것 같아요. 어떻게 해야 자신을 아끼고 사랑할 수 있을까요?

난 방금 전까지 운동을 했어. 아파트 관리실 밑에 있는 한 달에 3만 원 정도 하는 소박한 헬스장에서. 아령으로 가슴 운동을 하고 러닝 머신에서 30분 정도 뛰다가 집으로 돌아왔지. 단백질 셰이크와 야채샐러드를 주섬주섬 먹고 이 글을 쓰러 카페로 왔어.

내가 이렇게 운동을 하는 이유는 좋아하는 것들을 오랫동안 계속하고 싶기 때문이야. 앞으로도 이곳저곳 돌아다니며 맛있는 걸 먹고 싶고, 신기한 것도 보고 싶고, 새로운 사람들도 만나고 싶어. 모터사이클을 타고 음악을 들으며 대관령을 넘고 싶고, 아주 가끔은 술에 잔뜩 취해 택시를 타고 집으로 오고 싶어. 물론 방송도 하고 강연도 하고 싶지. 이런 걸 하려면 건강해야 하니까 운동을 하는 거야.

자기 자신을 사랑하는 가장 좋은 방법은 어떤 것을 하며 살고 싶은지 알아내는 거지. 그걸 아직 모른다고 해도 너무 걱정하지 마. 인생은 생각보다 길고 앞으로 어떤 경험을 하느냐에 따라서 관점이 바뀔 수도 있으니까.

아, 이 글을 쓰다가 생각난 건데 '자기 자신을 사랑하는 법'보다도 어떤 말하기 힘든 '공허함'이 문제가 아닐까 싶네. 그 공허함의 원인을 찾다가 '스스로를 사랑하지 않는다는 생각'까지 이어진 거지.

그렇다면 그 감정을 글로 남겨 보면 어떨까. 머릿속 관

155

념들이 글이라는 시각적 정보로 남겨지는 동안에는 무수한 사고 작용이 일어나. 꺼져 있던 스마트폰이 켜지는 것은 그저 전원 버튼을 눌렀기 때문이지만, 그 한 번의 물리적 접촉으로 배터리가 화학반응을 일으키지. CPU를 구동시키고 레티나 디스플레이의 각 화소들이 1초에 수백 번씩 움직이는 것처럼 말이야.

누구한테 보여 줄 필요는 없고 그저 내 감정이 어떤지, 무엇 때문에 그런 감정을 느꼈는지 기록해 봐. 최소한 마음이 진정되는 효과가 있을 거야.

포기를 포기하자

사고로 하반신 마비가 되고서 죽고 싶다는 생각이 들었다고 했잖아요. 다시 걷기 위해 노력하다가 포기하고 싶을 때 어떻게 했나요? 그리고 노력의 의미를 깨달은 후 삶이 어떻게 변했나요?

힘들거나 포기하고 싶을 때 여러 가지 방법을 썼어. 예를 들면 포기를 포기하는 것도 한 가지 방법이지. "에이 힘들다. 모르겠다, 포기하자"라며 포기하고서 그 포기를 다시 포기하는 거야. 포기를 포기했으니 다시 움직이는 연습을 하는 거지. 말장난 같지만 이런 것도 짧은 위기를 모면할 때는 꽤 먹히는 방법이야.

어떤 목표를 세우고 그걸 향해 나아간다는 것은 기본적으로 노력과 고통을 동반해. 그럴 때 가장 중요한 것은 너무 서두르면 가파르게 호흡이 올라가면서 빨리 지친다는 거야. 천천히 페이스를 조절하면서 앞으로 나아가는 게 중요해.

이렇게 써 놓으니까 대단해 보이지만 내 기억 속에 어떤 오류나 보정이 있을 수도 있어. 아마 며칠이나 몇 주 동안 그냥 아무것도 안 하고 포기한 채 누워 있던 적이 있었을지도 몰라. 가족에게 짜증 내고 화를 낸 적도 있을 거야. 하지만 나 같은 '강사'들은 남 앞에서 이야기를 자주 하다 보니 그런 것들을 애써 외면하거나 아예 기억 자체를 삭제하는 경우도 있어.

그래서 조심스러워. 하지만 항상 '모든 것이 제자리로 돌아왔을 때'를 잊지는 않았던 것 같아. 언제일지 모르지만 다시 두 발로 걷게 된다면 얼마나 기쁠까. 내 자력으로 가고 싶은 곳을 간다면 어떨까. 계단으로 2층 카페까지 올라간다면 어떤 느낌일까. 자동차 가속페달을 밟는다면 어떤 느낌일까. 이런 것들을 끊임없이 상상했어.

현실과 대조를 이루며 때로는 고통스럽기도 했지만, 우린 알잖아. 태양을 바라보기 위해서는 눈부심을 참아야 한다는 것을. 그래서 계속 반복했어. 우악스럽게 반복했어. 그러다 보니 여기까지 왔네.

옷차림을 바꿔 봐

매사에 자신감이 없어서 걱정이에요. 친한 친구와는 수다도 많이 떠는데, 어른이나 낯선 친구 앞에서는 벙어리가 돼요. 상대방이 못 알아듣거나 무시할까 봐 먼저 말을 건네기도 두렵고요.

모르는 사람들 앞에서 자신 있게 말하는 저를 상상하며 연습도 많이 해요. 하지만 막상 그런 상황이 오면 잘하지 못하는 제가 창피해요. 친한 사람들뿐만 아니라 처음 보는 사람들 앞에서도 자신 있게 말하고 행동하는 사람이 되고 싶어요.

낯선 이들 앞에서 너무나 소심해진다고? 어른과의 이야기가 두렵다고? 그건 당연한 거야. 시간은 결코 같은 속도로 흘러가지 않아. 마음이 통하는 이들과 함께 하는 시간은 언제나 빠르게 흘러가지. 그렇지 않거나 아직 익숙하지 않은 관계에서는 지겨울 정도로, 때로는 아주 끔찍할 정도로 느리게 흘러가.

내게 가장 느릿했던 시간은 프로레슬러 훈련생 시절일 거야. 평일에는 영등포 딴지일보에서 일을 하고, 늦은 저녁과 주말에는 용인에 있는 체육관을 오갔지. 체대 출신이거나 운동 경력이 있는 다른 훈련생에 비해서 워낙 '몸이 허약했던' 난 참 힘든 시간을 보내야 했어. 게다가 프로레슬러는 팬츠만 입고 운동하잖아. 그 얄팍한 섬유 한 장을 아랫도리에 걸치고 링에서 서로 부비부비 하며 스파링을 할 때의 끔찍함이란!

아마 내가 낯선 근육질의 사내들 사이에서 느꼈던 그 어렵고 생소한 감정을 넌 학교에서 종종 느끼고 있는 것 같아. 이럴 때 추천하는 방법은 태도를 바꾸어 보는 거야. 그리고 태도를 바꾸는 가장 좋은 방법은 바로 옷차림을 바꿔 보는 거지.

혹시 그리스·로마 신화를 좋아해? 난 신화를 아주 좋아하거든. 인간과 신이 공존하던 시대의 이야기들은 언제 들어도 사람을 홀리게 하는 어떤 매력이 있지. 특히 신화는 단순한 옛이야기를 떠나서 일종의 관념의 바다라고 할 수 있어. 수많은 상징이 만들어 내는 커다란 바다 말이야.

신화를 접해 봤다면 제우스라는 신을 알겠지. 신 중의 신 제우스 말이야. 이 제우스의 권능은 사실 전지전능이라는 말로도 부족할 정도인데, 특히 아주 화려한 패션 감각을 자랑하는 신이야. 자줏빛 드레스를 입고서 왼쪽 어깨에는 독수리를 올려놓고, 한 손에는 번개를 들고 있지. 자줏빛은 우아함과 권위의 상징, 새 중에서 가장 강력한 독수리 역시 힘의 상징, 번개가 가지고 있는 상징은 말할 것도 없잖아.

지금 입고 있는 옷을 완전히 바꿔 봐. 아마 부모님이 추천하는 '아이비리그 모범생' 스타일의 옷을 즐겨 입을 것 같네. 다른 스타일의 옷으로 싹 바뀐 분위기를 만들어 보고, 그 분위기에 본인이 어떻게 적응하는지 스스로에게 문제를 내고 답해 보는 거야.

그리고 꼭 운동을 해. 특히 팔굽혀펴기와 복근운동 그리고 스쿼을 추천할게. 아직 인체의 잔존 근육량이 자원 생산력을 나타내는 시기는 아니지만 몸에 근육이 붙을수록 자세가 바뀌니까. 그 바뀐 자세는 당당함을 연출할 수 있어.

매일 맨손 운동을 한다고 결코 몸이 람보처럼 될 일은 없어. 혹 그렇게 된다면 공부 외의 다른 진로, 프로레슬링 입문을 추천할게. 내가 훌륭한 멘토가 되어 줄게.

참, 스스로를 자신감 없는 사람이라고 했는데 그건 정정해야 할 것 같아. 자신의 문제점을 파악하고 타인에게 용기를 내어 도움을 구하는 사람은 결코 자신감 없는 사람이 아니야.

넌 이미 충분히 자신감을 가지고 있고 자신을 사랑하며 그것을 바탕으로 더 멋진 삶을 살 준비가 되어 있어. 기대할게. 8월의 쨍쨍한 하늘 같은 미래를 말이야.

분노는 위험해

선배가 심부름을 시킨 적이 있어요. 그때 제 볼일도 있고, 그 심부름이 급하지 않은 것 같아서 미루었다가 선배에게 욕설이 섞인 문자메시지를 받았습니다. 너무 화가 났는데 선배에게 화를 내지는 못했어요. 일만 더 커질 것 같고 화낼 용기도 없었거든요.

가끔 그 기억이 떠올라 저를 괴롭혀요. 왜 바보같이 화도 내지 않았을까 하는 생각이 들어서요. 금방 잊힐 줄 알았는데 여전히 화가 남은 것 같아요. 이런 생각에서 벗어나려면 어떻게 해야 할까요?

분노는 인간이 가지고 있는 감정 중에서 에너지의 양이 가장 커. 온몸을 뒤덮다 못해 뚫고 나와서 주변까지 그 감정의 영향력 안에 집어넣지. 액션영화에서 분노한 주인공이 무적 모드로 돌입해 총을 난사하는 것을 보며 우리는 카타르시스를 느껴. 그런데 분노는 그 속성상 외부의 어떤 존재를 '적'으로 규정하기 때문에 위험한 부분이 있어.

실전에서 람보처럼 기관총을 난사했다가는 단 몇 초만에 총알을 모두 낭비하고 적에게 반격을 당하기 십상이야. 본인이 영화 속 람보가 아니라면 분노는 심사숙고할 필요가 있어. 지금 미워하는 선배. 충분히 미움받을 이유가 있지. 그 분노 이해돼.

그런데 더욱 열받는 게 뭔지 알아? 선배를 찾아가서 그 사건을 정색하고 이야기하면 아마 기억도 못하거나 그까짓것 가지고 화를 내냐면서 심드렁하게 넘어갈 거야. 가해자와 피해자의 인식 차이에서 오는 이 비극은 널 더 고통스럽게 할 거야.

영화 〈올드보이〉에서 유지태가 최민식을 감금한 것도,

〈달콤한 인생〉에서 이병헌에게 킬러까지 보내며 미안하다는 말을 듣길 원했던 조폭도 모두 이 인식의 차이에서 출발해. 그래서 결국 비극으로 향하지.

잊고 살라거나 용서하라는 말은 하지 않을게. 이마에 난 흉터는 레이저로 지울 수 있지만 마음속 생채기는 지울 방법이 없거든. 다만 그 감정의 편린에 휩싸일수록 더욱 불리한 입장에 서는 것은 너라는 걸 말하고 싶어.

그리고 지금 누군가를 적으로 만들고 증오한다는 건 현재의 삶 속에서 결핍이 있다는 증거이기도 해. 경제적인 문제, 인간관계, 자아실현의 욕구 등 그 결핍과 직접 싸우고 이를 해결하기 위해서 노력해야 해. 분노는 반응이고 이성은 선택이야.

잊지 마. 그 짜증 나는 얼굴과 모욕적인 문자를. 언젠가 갚아 줄 날이 올 거야. 이 폭발적인 분노의 에너지를 그 결핍과 싸우는 데 사용하길 바라. 앞으로의 건투를 빌며 저지방 우유로 건배!

아주 작은 성공들

저는 남을 많이 의식합니다. 딴에는 배려심이 많고 남을 먼저 생각하는 좋은 성격이라고 자기 합리화를 하지만 변명에 불과한 것 같아요.

중학생 때까지만 해도 자신감이 넘쳤는데, 고등학생이 되고서 성적에 대한 수치심, 외모에 대한 자신감 부족 등 모든 문제가 뒤섞이면서 남의 시선을 지나치게 의식하게 된 것 같습니다. 하고 싶은 대로 살아가고 싶은데 무엇이 저를 두렵게 만드는 걸까요? 어떻게 해야 이런 저를 바꿀 수 있을까요?

자신을 안다는 것은 굉장히 어려운 일이야. 이 세상에 존재하는 거의 모든 종교와 학문이 궁극적으로는 스스로를 아는 것에 대한 어려움과 한계를 지적하고 있으니까. 일본 드라마 〈고쿠센〉을 보면 이런 대사가 나와.

"이 세상에는 세 가지 자신이 있다. 내가 아는 자신. 남이 아는 자신. 그리고 진짜 자신."

이처럼 스스로를 파악하는 것은 아주 어려운 일이야. 특히나 우리가 정규 교육과정에서는 한 번도 경험해 보지 못한 자기 객관화를 해야 해.

대학 진학을 앞두고 있다면 이제껏 학교에서 많은 공부를 했을 거야. 그런데 그 공부는 모두 상위 교육기관으로 가기 위한 공부였지. 절대평가와 상대평가를 통해서 결국 다른 학생들과 우열을 비교하고 석차를 정하는 기준에 맞춘 공부 말이야.

이러한 학습은 주어진 문제를 기계적으로 푸는 것만 연마시킬 뿐 자신을 객관적으로 바라보는, 즉 어떠한 문제가 발생했을 때 스스로 해결하거나 또는 어떻게 받아들일지를 정하는 교양에 대한 연마가 없어.

가장 먼저 하고 싶은 말은 자신감 없는 성격을 본인 탓으로 생각하지 말라는 거야. 일단 옳지 못한 교육을 한 학교와 부모님에게 잘못을 돌려 봐. 그러면서 약간 마음의 위안을 삼는 거야. 위안을 삼되 미워하지는 말고. 그분들도 국가와 사회가 만든 큰 시스템 안에서 그게 정답이라고 생각하고 따라갔을 뿐이니까.

그 다음 스텝이 중요해. 추천하고 싶은 방법은 바로 타인의 아픔에 공감하는 거지. 힘들고 어려운 사람을 찾아가서는 '나보다 더 힘든 사람도 있는데'라는 식의 자기 위로를 하라는 게 아니야. 자기 계발서에 나오는 것처럼 응급실에 가서 병마에 괴로워하는 사람을 보거나, 장례식장에 가서 지금 내가 살고 있는 오늘은 먼저 간 사람이 처절하게 갈구하던 날이라는 걸 실감하라는 게 아니지. 그런 저열한 수준의 공감이 아니라 타인의 아픔에 정말 공감하고, 그 아픔을 치유할 방법을 찾으며 인간과 다른 동물의 가장 큰 차이점을 스스로 느껴 봐.

인간이 자신의 자존감을 확보하는 가장 최강의 방법은 바로 타인을 돕는 거야. 누군가의 아픔에 공감하고 도우며 자기감정의 에너지를 확보해. 그 상태에서 아주 작은 성공을 모아 봐. 매일 팔굽혀펴기 스무 개 하기, 책 스무 페이지 읽기, 방 청소 매일 하기, 설거지 매일 하기 등 아주 작은 성공도 상관없어.

타인의 아픔 대한 공감과 작은 승리의 축적으로 새로운 인생을 맞이하길 바라. 그리고 예전의 너처럼 주저하는 사람에게 먼저 손을 내미는 멋진 강자의 삶을 살기를 바라.

터닝 포인트 찾기

작가님은 프로레슬러, 강사, 해설위원까지 다양한 일을 하고 있잖아요. 어떻게 여러 직업을 가지게 되었나요? 터닝 포인트라고 할 만한 사건이 있다면 무엇인지 궁금해요. 아니면 영향을 받은 책이나 강연이 있을까요?

잠깐 상상을 해 보자. 시간을 거슬러 원시시대로 가 보자고. 이제 막 수렵을 시작했을 때의 시점으로 말이야. 어딘가 동굴에서 살고 있고, 그곳에는 동거인이 있어. 뭔가를 먹어야 할 테니 사냥을 하러 가야 해. 무기가 될 만한 것을 집어 들고 밖으로 나갔어. 사냥감을 찾아다니다가 마침 운 좋게 포획에 성공해.

그런데 아뿔싸. 사냥에 너무나 집중한 나머지 집으로 돌아가는 길을 잃어버린 거야. 방향도 모르겠고 어디로 가야 할지도 모르겠어. 대체 어떡해야 할까. 다시 지금의 시간으로 돌아와 보자.

그 원시인이 다시 동굴로 돌아갔을지 아니면 결국 귀환에 실패했을지는 나도 몰라. 그런데 만약 천신만고 끝에 동굴로 돌아가는 데 성공했다면 아마 그 다음부터는 멀리 길을 떠날 때 주변의 지형지물을 확인하거나 무언가 표시를 남겨 두겠지.

어떤 일의 계기라는 게 바로 이런 거야. 아주 개인적이고 사소한 그러면서도 큰 의미를 가지는 행위들을 어떻게 받아들이느냐에 따라 그것이 내 인생에 끼치는 영향이 달라져.

내가 사회적인 문제에 관심을 갖게 된 것은 서울의 모 대학 청소 노동자들의 처우에 대해 알게 되면서부터야. 부끄럽지만 그전까지 비슷한 처지에 있는 분들에게 별로 관심이 없었거든. 그런데 그분들의 식대가 300원이라는 걸

듣자 감정이 마구 솟구쳐 오르더라. 그 감정을 풀려면 그 분들을 위해 무언가라도 하는 것이 제일 좋은 방법이었어.

사람들은 늘 단번에 인생을 바꿔 주거나 어떤 계기를 전해 줄 무언가를 찾지. 그 방아쇠만 당기면 모든 일이 획기적으로 바뀔 거라 생각해. 아니면 자신이 갑자기 전투적으로 변하며 불굴의 용사로 다시 태어날 것이라고 말하지. 그런데 세상에 그런 건 없어.

아쉽게도 그런 식으로 포장되는 '터닝 포인트'는 솔직히 말하자면 자신의 경험을 드라마틱하게 보여 주기 위한 거야. 강연이나 책, 기타 콘텐츠 상품을 팔기 위해서 양념 격으로 억지로 풀이해서 가져다 쓰는 경우가 대부분이지.

개인적인 경험과 사소해 보이는 것들을 소중하게 받아들여 봐. 그걸 반복하다 보면 차곡차곡 적립이 되면서 점차 인생의 커다란 방향이 거시적으로 보이기 시작할 거야. 아, 그리고 가장 중요한 것은 이런 경험을 다른 사람도 할 수 있도록 선물해 봐. 그건 아주 간단해. 따뜻한 말 한마디면 되지.

내가 악역 레슬러로 막 경기를 시작한 지 얼마 되지 않았을 때의 일이야. 경기장에서 일본 선수들에게 흠씬 두들겨 맞고 눈물과 땀과 피가 범벅이 되어서 대기실로 돌아왔는데 김일 선생님이 앉아 계셨어. 당시 선생님은 오랜 선수 생활의 후유증에 숙환까지 겹쳐 거동이 불편한 상태였지. 선생님은 나를 보더니 "악역이지? 악역은 맞는 게 이기는 거야"라고 한 말씀하셨지.

그 말을 듣는 순간 발끝부터 머리끝까지 꾹꾹 눌려져 있던 무언가가 내려가면서 속이 시원해지는 느낌이 들었어. 정말로 맞는 것이 이기는 것일 리는 없겠지만 이제 막 경기를 뛰는 핏덩이 같은 선수에게 어떤 조언을 해 주고 싶으셨던 거야.

자신의 가치를 소중히 여기고 타인의 경험을 존중해 봐. 그게 삶의 터닝 포인트고 그게 바로 극적인 계기야.

땀이라도 흘려 보자

그저 불안하기만 해요. 잘하는 일도 없고 흥미 있는 분
야도 없거든요. 무엇이든 잘할 수 있다는 자신은 당연히
없고요. 당장 뭐라도 해야 할 것만 같은데 잘 모르겠어요.
흘러가는 시간이 야속하기만 하네요. 이럴 때는 어떻게 해
야 할까요?

요즘 초등학교 저학년은 레고를 학원에서 배운다고 해.
그렇게 배우면 블록 조립을 다른 친구들보다 더 잘할 수
있고, 그걸 바탕으로 경진 대회에 나가서 상을 타면 일종
의 스펙을 얻을 수 있는 거지. 고학년이 되면 로봇 조립이

나 코딩으로 바뀐대. 이렇게 원래 취미와 놀이의 영역에 있던 것들을 모두 사교육의 범주에 집어넣는 괴이한 현상이 벌어지고 있어.

인생에 대한 고민과 담론도 마찬가지 아닐까. 여러 자기 계발서가 청춘에게 하나의 모범 모델을 제시하고 있어. 그런 것에 많은 사람이 열광에 가까운 지지를 보내고 있지. 오만에 가까운 패기, 무지에 가까운 용기, 놀이마저 계산된 범주 안에서만.

과연 이런 게 청춘의 모범 모델이 맞는 것인지 의문이 들어. 청춘에 대한 콘텐츠는 이제 하나의 산업이야. 그리고 그 산업은 기본적으로 공포를 근간으로 하고 있지. 이렇게 하지 않으면 쪽박 차고 인생이 끝난다는 공포를 바탕으로 청년들에게 약을 강매하고 있는 거야. 그리고 그 모델이 지금의 중고등학생들에게도 그대로 적용되고 있어. 시장이 매우 크게 확대된 거지.

누군가에게 이해할 수 없는 것을 이해하라고 하거나 하지 못할 행동을 강요하면서 그 원인을 패기에서 찾는 것은 무지이자 폭력이야. 아주 잘못된 행동이지.

불안과 희망은 항상 함께 있어. 불안이 있다는 것은 건너편에 희망이 있다는 거지. 불안이란 희망이 없는 것이 아니라 희망을 찾지 못한 상태야.

일단 몸을 움직여 봐. 컴퓨터와 책상을 멀리하고 트위터나 페이스북 앱을 스마트폰에서 잠깐 삭제해도 좋아. 인터넷쇼핑보다는 동네 구멍가게나 할인 마트로, 유튜브보다는 번화가로 직접 나가라고 권하고 싶어.

아파트 상가나 동네에 있는 소규모 헬스장은 요즘 한 달 회비가 몇만 원밖에 안 해. 세 달에 10만 원이 채 안 되는 곳도 있을 거야. 이런 곳에 등록해서 최대한 몸을 움직이고 육체를 단련해.

인간의 문제 해결 능력은 전두엽에서 나오거든. 이 전두엽을 자극하는 가장 좋은 방법은 바로 운동, 독서 그리고 휴식이야. 몸 안에 젖산이 축적되며 근육통을 느끼고, 하루 뒤에 통증이 사라지면서 더 강한 몸이 만들어지는 과정을 천천히 느껴 봐.

동네 도서관에서 고전 명작을 읽는 것도 좋지. 교과서에서 느끼지 못했던 부분을 차근차근 찾아 봐. 하지 않던 행동과 하지 않던 생각을 하는 것에 몰두하는 거야.

아마 나의 이런 제안도 청춘에 대해서 약을 파는 다른 꼰대들의 말처럼 느껴질 수도 있을 거야. 맞아, 나도 어차피 그런 꼰대일 수밖에 없어. 하지만 강요하지는 않아. 선택은 본인이 하는 거지.

너를 짓누르는 이 사회의 공기밀도가 역대 최강이라는 것은 잘 알지만 그렇다고 그것이 모든 걸 면피해 줄 수는 없어. 일어나. 그리고 땀이라도 조금씩 흘려 봐.

내 꿈을 부모님이 반대할 때

저는 태권도를 정말 좋아합니다. 초등학교 때부터 배우기 시작해서 지금은 제법 잘해요. 대회에 나가서 상도 많이 받았습니다. 앞으로 태권도를 계속하고 싶어서 대학도 관련 학과로 가고 싶습니다.

그런데 부모님이 반대해요. 운동으로 성공하기는 어렵다며 그 노력으로 공부를 하는 게 기회가 더 많다고 합니다. 전 태권도를 전국 순위권에 들 만큼 잘하지는 않지만 공부도 딱히 잘하지 않습니다. 제가 좋아하는 일을 계속하고 싶은데 어떻게 하면 좋을까요?

먼저 자기가 정말 좋아하는 것이 있다는 게 참으로 기쁜 일이라는 걸 말해 주고 싶어. 그런 점에서 너는 참 행복한 사람이라고 할 수 있지. 대개 그 나이 때는 진정 자신이 무엇을 좋아하는지 찾기가 힘들거든. 그런데 바로 거기서부터 문제가 시작되는구나. 자기가 좋아하는 일이 있고 그것을 계속 자신의 꿈으로 만들어 가고 싶은데 부모님과의 의견 충돌이 있는 것 말이야.

사람의 꿈이라는 건 누구에게나 소중한 거야. 대상이나 목적에 따라서 가볍거나 무겁다고 판단할 수 없는 것이 바로 꿈이지. 그런데 자신이 진정 좋아하는 것과 꿈꾸는 것은 같을 수도 있고 달라질 수도 있어.

내가 이럴 때 하는 말이 있어. 먼저 태권도 선수라는 꿈에 대해서 조목조목 나누어서 생각해 보는 거야. 첫째, 내가 정말 좋아하는가. 둘째, 이 일로 가족에게 인정을 받을 수 있는가. 셋째, 장래성이 있는 일인가. 이렇게 세 가지를 먼저 생각해 보는 거지.

첫째는 말 그대로 내가 그 행동을 하면서 얼마나 행복할 수 있는지 자문해 보는 거야. 둘째는 주변 사람에게 인정받을 수 있는지, 즉 주변 사람도 기뻐할 수 있는지를 따져 보는 것이지. 셋째는 어른이 되었을 때 이것으로도 독립된 경제활동을 할 수 있는지의 여부를 따지는 것이고. 물론 이 세 가지를 모두 한 번에 만족시키는 꿈은 드물거나 거의 없어.

대개 한 가지 또는 두 가지 정도만 충족한 상태에서 버티며 꿈을 이루어 가는 거야. 어때? 넌 저 세 가지 항목 중에서 어느 것에 자신이 있지? 그리고 부족한 부분을 감내하며 살아갈 자신이 있어?

예를 들어 태권도 선수가 되기 위해서 살아간다고 했을 때 얼마간 또는 아주 오랫동안 부모님의 서운한 마음을 풀기 위해 또 다른 노력을 해야 할 거야. 그런 효자 노릇을 할 자신이 있는지 묻는 거야.

이런 선택이 어렵겠지. 네 의견에 반대하는 부모님에게 충격을 받았다고 했는데 아마 부모님도 놀랐을 거야. 이런 상황은 앞으로도 있을 거야. 부모님과 다른 의견을 보이고 있는 이 상황은 네가 조금씩 어른이 되어 간다는 증거이기도 해. 서로 다른 의견을 보였을 때 마음을 어루

만지며 의견을 교환하고, 상처를 받지 않도록 소통하는
게 바로 진짜 어른이 되어 가는 과정이야.

먼저 부모님께 사랑한다고 말하고 계속 이야기를 나누
어 봐. 부모님도 널 키우면서, 사회생활을 오랫동안 하면
서 생긴 세상을 바라보는 안목으로 반대하시는 걸 거야.
그 서로의 차이를 확인하고 더 깊은 이야기를 자주 하는
게 중요해. 그럼 기운 내고 파이팅!

포기할까 했더니 아직 1라운드

© 김남훈, 2020

초판 1쇄 발행일 2020년 6월 10일
초판 3쇄 발행일 2022년 1월 14일

지은이   김남훈
펴낸이   정은영
편집   최성휘 문진아
마케팅   이재욱 최금순 오세미 김하은
제작   홍동근

펴낸곳   (주)자음과모음
출판등록   2001년 11월 28일 제2001-000259호
주소   10881 경기도 파주시 회동길 325-20
전화   편집부 02) 324-2347 경영지원부 02) 325-6047
팩스   편집부 02) 324-2348 경영지원부 02) 2648-1311
E-mail   jamoteen@jamobook.com

ISBN   978-89-544-4260-2(43810)

잘못된 책은 교환해 드립니다.

이 도서의 국립중앙도서관 출판시도서목록(CIP)은 서지정보유통지원시스템 홈페이지
(http://seoji.nl.go.kr)와 국가자료공동목록시스템(http://www.nl.go.kr/kolisnet)에서
이용하실 수 있습니다.(CIP제어번호: CIP2020017872)